HÉSIODE ÉDITIONS

HENRI CONSCIENCE

Le Conscrit

Hésiode éditions

© Hésiode éditions.

1 rue Honoré - 93500 Pantin.
ISBN 978-2-38512-106-8
Dépôt légal : Novembre 2022

Impression Books on Demand GmbH

In de Tarpen 42
22848 Norderstedt, Allemagne

Le Conscrit

I

Le premier soleil du printemps brillait de tout son éclat dans l'azur du ciel. Semblable à la face majestueuse de Dieu qui, souriant à la création, lui dirait : « Debout ! debout ! l'hiver est passé ; reviens à la vie et réjouis-toi de ma présence ! » ainsi l'astre du jour épanchait libéralement sa lumière rajeunie sur la bruyère et sur les champs, et faisait fermenter sous ses rayons ardents le sol humide.

Quelques plantes seulement avaient entendu l'appel du bienfaiteur du monde ; seuls, le perce-neige agitait sur les coteaux ses clochettes d'argent, le coudrier balançait ses chatons déployés, l'anémone des bois montrait ses premières feuilles dans les taillis ; mais les oiseaux folâtraient gaiement sous la chaude lumière, et chantaient à plein gosier le retour du temps des amours… Non loin du bois de Zoersel, solitaires et oubliées, deux maisonnettes d'argile s'adossaient l'une à l'autre. Dans la première, habitait une pauvre veuve avec sa fille ; pour tout avoir en ce monde, elles possédaient une vache. Dans l'autre maisonnette demeurait pareillement une veuve avec son vieux père et deux fils, dont un seulement avait atteint les années de l'adolescence. Ils étaient plus riches que leurs voisins, car ils possédaient un bœuf et une vache, et avaient en fermage beaucoup plus de terre. Cependant les habitants des deux chaumières, – car c'étaient des chaumières, – ne formaient depuis longues années qu'une seule famille, s'aimant d'une affection réciproque et s'entr'aidant mutuellement quand besoin était. Jean et son bœuf travaillaient dans le champ de la pauvre veuve ; Trine allait quérir du fourrage pour le bœuf, le menait paître, et aidait à ses voisins au temps de la moisson, sans que la pensée fût jamais venue à ces gens de compter qui avait le plus fait pour les autres.

Simples, ignorant tout ce qui se passait loin d'eux dans la tumultueuse mêlée des sociétés humaines, ils vivaient en paix du morceau de pain de seigle que Dieu leur avait accordé. Leur monde avait d'étroites limites : d'un côté, le village et son humble église ; de l'autre, l'immense bruyère et l'horizon sans bornes.

Et cependant tout souriait et chantait aux alentours des cabanes isolées : joie et bonheur y étaient largement dispensés, et aucun de ces pauvres gens n'eût voulu échanger son sort contre un sort meilleur en apparence.

C'est que la baguette magique de l'amour avait vivifié cette solitude. Jean et Trine s'aimaient, – ils ne le savaient pas, – de cet amour timide et inexprimé qui fait battre le cœur au moindre signe ; qui colore le front au moindre mot ; qui transforme la vie en un long rêve, ciel bleu semé des resplendissantes étoiles du bonheur, et tellement vaste qu'on dirait que le cœur humain sera éternellement ce que l'a fait le premier soupir de l'amour, ce chaste encens de l'âme.

Pauvres gens ! ils ne songeaient pas à la grande société qui grouille là-bas dans les villes ; ne lui demandant rien, ils pensaient qu'elle ne se souviendrait jamais d'eux, et ils continuaient, pleins de confiance, à vivre dans leur belle et douce indigence. Mais un jour, on vint demander aux deux chaumières l'impôt du sang. Le seul jeune homme qui s'y trouvât, – le seul qui eût la force de féconder par ses sueurs ce coin de terre ingrat, – devait tirer au sort, et devenir soldat si sa main tremblante amenait un numéro malheureux : il lui faudrait dire à sa bruyère, à sa mère, à sa bien-aimée, un long et peut-être éternel adieu, et s'en aller dépérir, épuisé par les mille blessures que devait faire la rudesse de la vie militaire à son âme naïve et paisible !

Il était venu le triste jour de mars, marqué d'une croix noire par Trine dans l'almanach de 1833.

Le jeune homme était parti pour Brecht avec une dizaine de compagnons du village pour tirer au sort.

Les deux mères et le petit garçon priaient agenouillés en levant les mains vers l'image de la sainte Vierge. Le vieux grand-père rôdait çà et là sans mot dire ; il s'arrêta enfin sur le seuil de la porte, la main appuyée au tronc de la vigne et la tête courbée vers la terre, comme s'il eût contemplé une fosse.

La jeune fille, debout dans l'étable devant sa vache, regardait la bête dans les yeux d'un œil fixe et attristé, et lui caressait doucement le museau, comme si elle eût voulu la consoler d'un malheur prochain.

Comme un voile de deuil un lugubre silence planait sur les deux cabanes, silence qu'interrompait seul par intervalles le morne et triste mugissement du bœuf.

Bientôt Trine, toujours muette, vint se mettre à côté du grand-père et arrêta sur lui un regard interrogateur et plein de prière.

Le vieillard sortit de sa douloureuse méditation, prit un lourd bâton et dit à la jeune fille :

– Ne perds pas courage, Trine. Dieu viendra à notre secours dans le péril. Allons, voici l'heure ; nous irons au-devant des pauvres conscrits…

Catherine suivit le grand-père dans un sentier qui passait devant la maison et menait au village. Bien qu'une ardente impatience poussât la jeune fille en avant, elle marchait cependant à pas lents. Le vieillard se retourna et remarqua qu'elle demeurait en arrière, la tête penchée et les joues d'une extrême pâleur. Il lui prit la main et dit avec une douce pitié :

– Pauvre enfant, combien tu dois aimer notre Jean ! Il n'est pas ton frère, et tu es plus émue que nous. Sois donc plus forte, chère Trine ; aussi bien ne sais-tu pas ce que Dieu a décidé !

– J'ai peur ! dit la jeune fille en soupirant et en tremblant visiblement, tandis qu'elle cherchait à percer du regard l'épaisseur du bois.

– Peur ? reprit le vieillard en s'efforçant de découvrir ce qui causait l'effroi de la jeune fille.

– Oui, oui ! dit Trine en sanglotant et en couvrant ses yeux de son tablier, c'est fini, nous sommes malheureux : il est tombé au sort !

– Comment peux-tu le savoir ? Ah ! tu me fais trembler aussi ! dit le grand-père avec anxiété.

La jeune fille montra du doigt dans le lointain, au delà des arbres.

– Là-bas ! derrière le bois… écoutez !

– Je n'entends rien… Viens, pressons-nous plutôt ; ce sont les conscrits. Tant mieux !

– Mon Dieu, mon Dieu, s'écria la jeune fille, j'entends une voix… si triste, si triste ; c'est comme un cri lugubre qui tinte dans mon oreille.

Le grand-père contempla un instant avec un étonnement inquiet la jeune fille, qui semblait écouter des sons lointains. Lui aussi tendit l'oreille pour saisir les bruits qui pouvaient troubler le silence de la bruyère. Tout à coup un radieux sourire éclaira ses traits.

– Innocente ! dit-il. C'est le vent qui fait gémir les sapins.

– Non, non, répondit la jeune fille, plus loin, plus loin, au delà du bois… M'entendez-vous pas cette voix qui se plaint ?

Après un instant d'attention, le vieillard répliqua :

– Je comprends maintenant ce que tu veux dire. C'est le chien du père Nicolas qui hurle une mort ; sa femme, qui a reçu les saintes huiles, sera morte cette nuit. Que Dieu ait son âme !

La jeune fille, qui, grâce à l'exaltation de son âme, avait pris le funèbre hurlement comme le messager d'un malheur assuré, reconnut son erreur. Sans cesser d'essuyer les larmes qui coulaient de ses yeux, elle hâta le pas et suivit silencieusement le vieillard jusqu'à ce que celui-ci lui dit :

– Trine, si tu es si inconsolable, que dira donc sa mère ? Que dirai-je, moi, son grand-père ? Nous l'avons élevé à la sueur de notre front ; nous l'aimons comme la prunelle de nos yeux. Maintenant nous sommes vieux et cassés ; il doit travailler pour nous dans nos mauvais jours… et si Dieu, hélas ! n'a pas envoyé son bon ange pour conduire sa main… il lui faudra être soldat, nous délaisser dans notre misère…

Ces paroles firent fondre en larmes la jeune fille. Elle répondit avec une sorte de reproche :

– Cela n'est rien, grand-père ; j'ai des bras aussi, et si vous ne le pouvez plus, je mènerai bien moi-même le bœuf aux champs et ferai à moi seule tout le gros ouvrage ; mais lui ! mais Jean ! oh ! le pauvre garçon ! N'entendre que jurer et blasphémer, recevoir des coups, être mis dans un cachot, souffrir de la faim, et se consumer de chagrin comme le malheureux Paul Stuyck, qu'ils ont fait mourir en quatre mois. Et ne plus voir personne de tous ceux qui l'aiment sur la terre, ni vous, ni sa mère, ni son petit frère, ni… personne autre que ces grossiers et méchants soldats !

– Ne parle pas ainsi, Trine, dit le vieillard d'une voix altérée, tes paroles me font mal. Pourquoi te lamenter si amèrement ? Tu te désoles et tu trembles comme si tu ne doutais pas de son malheur ; moi, au contraire, j'ai un pressentiment qui me fait penser qu'il a tiré un bon numéro ; j'ai confiance dans la bonté de Dieu.

Un imperceptible sourire passa à travers les larmes de la jeune fille ; cependant elle ne répondit plus rien, et tous deux continuèrent à marcher en silence jusqu'au village.

Beaucoup de gens, partagés en petits groupes, se trouvaient rassemblés sur le chemin par où les conscrits devaient revenir de Brecht, tous impatients d'apprendre l'issue du tirage. Il était très-aisé de reconnaître ceux dont le fils, le frère ou l'amoureux était allé à Brecht ; on voyait çà et là une mère s'essuyant les yeux avec son tablier, un père s'efforçant de dissimuler l'angoisse empreinte malgré lui sur son visage ; une jeune fille pâle, les yeux timidement baissés, allant d'un groupe à l'autre, et comme pourchassée par une secrète anxiété.

Beaucoup d'autres, venus là par pure curiosité, parlaient et plaisantaient à haute voix. Le vieux forgeron, qui jadis avait été dans les dragons de Napoléon, faisait un éloge extraordinaire de la vie de soldat, et trouvait pour cette tâche un auxiliaire ardent dans le fils ivre du meunier, qui avait servi pendant onze mois, et depuis lors avait déjà gaspillé et bu la moitié de son patrimoine. Le forgeron ne le faisait pas à mauvais dessein ; il s'imaginait consoler ses amis inquiets par ses brillantes peintures et ne cessait de répéter :

– Tous les jours soupe et viande, beaucoup d'argent, bonne bière, jolies filles ! tous les jours on danse, on saute, on se bat que tout en vole en pièces : voilà une vie ! Vous ne la connaissez pas ! vous ne la connaissez pas !

Mais ses paroles avaient un effet contraire à celui qu'il en attendait ; car elles faisaient pleurer plus fort les mères et indisposaient plus d'un esprit.

Trine ne put se contenir ; il y avait dans ces plaisanteries un mot qui l'avait blessée au cœur ; elle bondit en face du goguenard forgeron, et, le menaçant du poing, s'écria :

– Fi ! affreux forgeron que vous êtes ! Il faudrait sans doute qu'ils devinssent tous des ivrognes comme vous, et de mauvais garnements comme ces vagabonds qui n'ont appris chez les soldats qu'à mener mauvaise vie et mettre leurs parents en terre !

Le fils du meunier entra dans une violente colère et allait éclater en grossières invectives contre la hardie jeune fille, mais en cet instant on entendit crier de l'autre côté du chemin :

– Les voilà ! les voilà !

En effet ; dans le lointain, au détour d'un bois, les conscrits venaient d'apparaître sur le chemin et s'approchaient au pas redoublé en chantant et en poussant des cris d'allégresse qui réveillaient tous les échos d'alentour. Quelques-uns jetaient en l'air leurs chapeaux ou leurs casquettes en signe de joie, et tous avaient l'air d'une bande d'ivrognes revenant d'une kermesse. Mais on ne pouvait encore distinguer ceux qui chantaient joyeusement et ceux qui étaient muets et affligés.

Dès l'apparition des conscrits sur la route, parents et amis coururent au-devant d'eux chacun de son côté. Le vieux grand-père ne pouvait avancer aussi vite, bien que Trine le tirât maintenant par la main. Enfin, ne pouvant plus maîtriser son impatience à la vue des mères et des jeunes filles qui embrassaient plusieurs conscrits avec des exclamations de joie, elle abandonna la main du vieillard et se mit à courir de toutes ses forces. À mi-chemin, elle s'arrêta tout à coup, comme si une puissance inconnue l'eût paralysée. Elle gagna en chancelant le bord de la route, et, la tête appuyée contre un arbre, se mit à pleurer.

Le vieillard la rejoignit.

– Jean n'y est-il pas, que tu t'arrêtes, Trine ? demanda-t-il.

– Mon Dieu ! mon Dieu ! j'en mourrai ! s'écria la jeune fille. Voyez, le voilà qui vient derrière les autres, la tête baissée et tout pâle. Il est à demi mort, le pauvre Jean !

– C'est peut-être la joie qui l'accable, Trine !

– Que vous êtes heureux, père, de ne plus avoir de bons yeux !

Sur ces entrefaites, Jean approchait du lieu où il remarqua son grand-père, et vint à pas lents droit à lui.

Trine n'alla pas à sa rencontre ; au contraire, elle cacha son visage contre l'arbre et sanglota tout haut.

Le jeune homme prit la main du vieillard, et, lui montrant un numéro, il dit d'une voix altérée :

– Père, je suis tombé au sort !

Puis, allant à la jeune fille, il poussa un profond soupir et fondit en larmes.

– Trine ! Trine !

Il n'en put dire davantage ; la voix s'arrêta dans sa gorge.

Le vieillard était trop ému pour prononcer un mot ou former une pensée ; il était là, muet, égaré, le regard attaché sur le sol, tandis que quelques larmes mouillaient ses joues ridées.

Un silence solennel régna jusqu'à ce que Jean s'écriât tout à coup d'une voix désespérée :

– Ô ma pauvre mère ! ma pauvre mère !

À cette exclamation une révolution complète se fit dans l'âme de la jeune fille. C'était une noble et courageuse femme. Aussi longtemps qu'elle avait été dans le doute elle avait pleuré ; maintenant son cœur s'était retrempé dans la certitude du malheur, maintenant un généreux sentiment du devoir l'arrachait à sa douleur, et elle retrouvait l'énergie morale propre à son beau caractère. Elle leva la tête, essuya ses larmes et dit avec résignation :

– Jean, mon ami, Dieu l'a décidé ainsi. Qui peut lutter contre sa volonté ? Tu demeureras un an encore avec nous ; peut-être y a-t-il encore de la ressource. Laisse-moi prendre l'avance ; je veux dire cela à ta mère aussi. Si un autre lui apportait cette terrible nouvelle, elle en mourrait, bien sûr.

Ce disant, elle quitta le chemin, prit à travers le bois de sapins et disparut.

Le vieillard et l'infortuné conscrit suivirent le chemin ordinaire et traversèrent le village. Ils entendaient chanter, crier et pousser de longues acclamations ; mais ils étaient trop profondément enfoncés dans leur douleur pour prêter attention à ces bruits joyeux.

Et lorsqu'ils furent proche de leur pauvre demeure ils virent venir au-devant d'eux Trine avec les deux femmes et le petit frère tout en larmes.

Le jeune homme lança à sa bien-aimée un regard d'intime reconnaissance ; il avait lu sur le visage de sa mère que la généreuse fille avait, en effet, réveillé un sentiment d'espoir dans le cœur de la pauvre femme affligée.

Fortifié par cette vue, il comprima aussi sa douleur, et courut les bras ouverts à sa mère.

Le choc fut rude, l'émotion pénible ; on versa encore des larmes. Cependant, le désespoir disparut, et peu à peu le calme se rétablit dans les deux chaumières.

II

L'heure du départ a sonné ! Devant les chaumières se tient un beau jeune homme, le bâton de voyage sur l'épaule, un sac sur le dos. Ses yeux, ordinairement si vifs ; errent lentement autour de lui ; sa physionomie est calme, et tout en lui semble annoncer une grande tranquillité d'âme, et cependant son cœur bat violemment, et sa poitrine oppressée s'élève et s'abaisse péniblement.

Sa mère serre une de ses mains et lui prodigue les marques de la plus ardente affection ; la pauvre femme ne pleure pas ; ses joues frémissent sous l'effort qu'elle fait pour dissimuler sa douleur. Elle sourit à son enfant pour le consoler ; mais ce sourire, contraint et pénible, est plus triste que la plainte la plus déchirante.

L'autre veuve est occupée à calmer le petit garçon, et essaie de lui faire accroire que Jean reviendra bientôt ; mais l'enfant a compris à la tristesse qui accable ses parents depuis un an que la séparation est un terrible malheur, et maintenant il jette des cris perçants.

Le grand-père et Catherine font à l'intérieur les derniers préparatifs du voyage : ils creusent un pain de seigle et le remplissent de beurre. Ils sortent avec les provisions de route et s'arrêtent auprès du jeune homme.

L'étable est ouverte ; le bœuf regarde tristement son maître et pousse par intervalles un mugissement doux et mélancolique ; on dirait que l'animal comprend ce qui va arriver.

Tout est prêt : il va partir. Déjà il a serré la main de sa mère d'une étreinte plus vive et fait un pas en avant ; mais il jette les yeux autour de lui, embrasse d'un regard affectueux l'humble chaumière qui abrita son berceau, la bruyère et les bois témoins de son enfance et les champs arides si souvent fécondés par les sueurs de sa jeunesse ! Puis son œil s'arrête tour à tour sur les yeux de tous ceux qu'il aime, sur les yeux de ce bœuf aussi, le compagnon de ses rudes travaux ; il couvre son visage de sa main, cache les larmes qui coulent sur ses joues, et dit d'une voix presque inintelligible :

– Adieu !

Il relève la tête, secoue l'abondante chevelure qui tombe sur son cou comme une crinière, et marche résolument en avant.

Mais tous le suivent : le moment de la séparation n'est pas encore venu. À une certaine distance dans la direction du village, à l'endroit où les chemins se croisent, s'élève un tilleul auquel est suspendue une sainte Vierge. Trine l'y a placée par un beau soir de mai, et Jean a fait au pied de l'arbre un prie-Dieu en gazon. C'est en ce lieu sacré, où chaque jour quelqu'un d'entre eux venait remercier et prier Dieu, que les paroles déchirantes de l'adieu échapperont à leurs lèvres tremblantes...

Déjà apparaît au loin le tilleul, limite où doit commencer la fatale séparation. Le jeune homme ralentit sa marche, tandis que sa mère, tout en lui prodiguant des caresses, lui dit :

– Jean, mon fils, n'oublie jamais ce que je t'ai dit. Aie toujours Dieu devant les yeux, et ne manque jamais à dire tes prières avant d'aller te coucher. Aussi longtemps que tu le feras, tu resteras bon ; mais s'il devait arriver qu'un soir tu oubliasses de prier, songe à moi le lendemain, songe à ta mère, et tu redeviendras bon et brave ; car celui qui pense à Dieu et à sa mère, est à l'abri de tout mal, mon cher enfant.

– Je penserai toujours, toujours à vous, ma mère, dit le jeune homme avec un soupir, mais d'une voix calme ; si je suis triste et que je perde courage, votre souvenir sera mon appui et ma consolation ; et je le sens, je serai malheureux : je vous aime trop tous !

– Ensuite il ne faut pas jurer, sais-tu, ni mener mauvaise vie. Tu iras à l'église, n'est-ce pas ? Tu nous donneras aussi souvent que possible des nouvelles de ta santé, et tu n'oublieras jamais que le moindre mot de son enfant rend heureuse une mère, n'est-ce pas ? Oh, je dirai tous les jours une prière à ton saint ange gardien pour qu'il ne t'abandonne jamais !

Jean est profondément ému par la voix douce et pénétrante de sa mère ; il n'ose porter les yeux sur elle, tant le frappe, à cette heure solennelle, le regard brillant de la digne femme : c'est la tête baissée qu'il l'écoute. Sa seule réponse est parfois un serrement de main plus fort et un long soupir auquel se mêlent de temps en temps ces mots : « Mère, chère mère ! »

Ils approchaient en silence du carrefour ; le grand-père se plaça de l'autre côté du jeune homme et lui dit d'un ton grave :

– Jean, mon fils, tu rempliras tes devoirs sans répugnance et avec amour, n'est-ce pas ? Tu seras obéissant envers tes supérieurs et tu souffriras, sans te plaindre, l'injustice, s'il arrive, par hasard, qu'il t'en soit fait une ? Tu seras prévenant et serviable pour chacun ; tu feras preuve de bon vouloir, et t'acquitteras courageusement de tout ce qui te sera ordonné ? Alors Dieu t'aidera, tes officiers et tes camarades t'aimeront.

Trine, sa mère et le petit garçon étaient déjà sous le tilleul, priant agenouillés sur le banc de gazon.

Jean n'eut pas le temps de répondre aux recommandations du grand-père ; sa mère l'attirait vers le banc. Tous se mirent à genoux et prièrent les mains levées au ciel…

Le vent murmure doucement dans les branches des sapins, le soleil printanier dore de ses rayons joyeux le chemin de sable, les oiseaux chantent leur gaie chanson ; pourtant il règne un silence solennel, car on entend distinctement la prière s'élever autour du tilleul…

C'est fini ; tous se lèvent, mais de tous les yeux s'échappe un torrent de larmes. La mère embrasse son fils en poussant des plaintes déchirantes, et bien que les autres aient déjà les bras ouverts pour la triste étreinte de l'adieu, elle ne laisse pas aller son enfant ; elle étanche sous ses baisers les larmes amères qui baignent ses joues, et laisse échapper d'inintelligibles paroles d'anxiété et d'amour.

Enfin la pauvre femme abattue, épuisée et toujours pleurant va s'affaisser sur le banc.

Jean embrasse précipitamment son grand-père et la mère de Trine ; il se dégage avec une douce violence de l'étreinte de son petit frère au désespoir, court encore à sa mère, la serre dans ses bras, dépose un baiser sur son front et s'écrie d'une voix déchirante :

– Adieu !

Et, sans oser se retourner, il marche rapidement dans la direction du village, jusqu'à ce que au coin du bois, il ait disparu aux yeux de ses parents.

Trine, qui portait sous le bras le pain de seigle le suivait avec peine et parvint difficilement à le rejoindre.

Les deux jeunes gens marchent quelque temps l'un à côté de l'autre sans se parler ; leur cœur bat très-vite ; une vive rougeur colore leur front et leurs joues ; ils n'osent se regarder l'un l'autre. Heure solennelle où deux âmes tremblent devant un aveu, et sentent qu'un secret sacré va leur échapper.

Jean cherche timidement la main de Trine ; il la saisit ; mais comme si ce contact eût été un crime, comme si cette main l'eût brûlé, il la laissa aller en frémissant.

Toutefois, après un instant de silence il reprit cette main et dit d'une voix étrange :

– Trine, ne m'oublieras-tu pas ?

La jeune fille ne répondit que par ses larmes.

– Attendras-tu que Jean revienne de l'armée ? redemanda le jeune homme. Puis-je du moins emporter avec moi cette consolation pour ne pas mourir de chagrin ?

La jeune fille lève vers lui ses grands yeux bleus et lui envoie un long et mélancolique regard qui pénètre son âme comme un rayon de feu, et inonde son cœur d'une félicité inconnue.

Hors de lui pendant un instant, ses lèvres ardentes touchent, sans qu'il sache comment, le front de la jeune fille. Comme effrayé de son audace, il s'écarte d'elle et va s'appuyer au tronc d'un chêne. Devant lui le visage de sa bien-aimée resplendit de tous les feux de la pudeur et du bonheur ; il pose la main sur son cœur qui menace de se briser, tant il bat avec violence ; un inexprimable sourire illumine ses traits ; ses yeux brillent d'une ardeur virile, sa tête est droite et fière ; il semble qu'un seul regard de sa bien-aimée l'ait doué de la force et du courage d'un géant.

Mais une voix connue résonne dans le taillis ; quelqu'un s'approche en chantant une joyeuse chanson…

C'est Karel, qui lui aussi doit partir et se rend au village.

Trine s'efforce de cacher son émotion. Cette surprise l'arrache à son rêve splendide ; elle jette un rapide coup d'œil à son ami et l'engage à se remettre en route, pour que Karel ne les rejoigne pas et qu'un regard étranger ne lise pas ce qui se passe dans leurs âmes.

Mais Karel hâte le pas pour atteindre son compagnon de voyage. Trine s'en aperçoit ; elle dit rapidement :

– Jean, quand tu seras parti, j'aurai soin de ta mère, de ton grand-père et de ton petit frère ; j'irai à la charrue quand il faudra et veillerai à ce qu'il ne manque rien au bœuf. J'ai assez de force et de santé, et saurai faire en sorte qu'à ton retour tu retrouves tout comme tu l'auras laissé...

– Tout ? réplique le jeune homme avec un regard profond, tout ?

– Oui, tout..., et je n'irai pas à la kermesse tant que tu seras loin ; car sans toi je ne puis avoir que du chagrin... Mais... mais il ne faut pas non plus que tu fasses ce que dit le vilain forgeron, de boisson et de jolies filles ; si j'apprenais pareille chose, je serais bientôt couchée dans le cimetière...

En ce moment, la main de Karel s'appesantit sur l'épaule de Jean, et il chanta d'une voix plaisamment attristée :

Mon Dieu, ma chère, il me faut vous quitter !
Quel triste sort ! me voilà militaire.
Ah ! gardez-vous de m'oublier !

Une pudique rougeur monta au front de la jeune fille. Jean, remarquant son embarras, répondit sur le même ton aux plaisanteries de son camarade et prit le bras de celui-ci pour se rendre au village. Trine les suivait à distance, plongée dans un morne silence.

Ils arrivent enfin au village. Devant l'auberge de la Couronne se trouvent encore trois jeunes gens le paquet sur le dos ; ils attendent l'arrivée de Jean et de Karel.

Chacun donne à ses parents et à ses amis le baiser du départ. Seule, Trine n'embrasse personne, mais dans le regard qu'elle échange à la dérobée avec Jean en lui donnant le pain noir, il y a tout un émouvant poëme d'amour.

Les conscrits partent pour la ville.

Trine s'éloigne du village sans pleurer ; mais au milieu des sapins son courage l'abandonne ; c'est le tablier devant les yeux qu'elle revient à la chaumière où tout sera désert, à moins que le souvenir ne remplisse le vide laissé par le départ d'un fils et d'un amant.

III

Par une belle journée d'automne, Trine toute sautillante quittait le village pour retourner aux chaumières. Son visage embelli par un doux sourire trahissait une profonde satisfaction et un joyeux empressement ; légers étaient ses pas sur le sable poudreux du chemin, et par intervalles des sons insaisissables s'échappaient de sa bouche, comme si elle se fût parlé à elle-même.

D'une main elle tenait deux grandes feuilles de papier à écrire, de l'autre une plume taillée à neuf et une petite bouteille d'encre que lui avait données le sacristain.

Chemin faisant, elle rencontra la belle Jeanne, la fille du sabotier qui, tout en chantant et une botte de trèfle sur la tête, débouchait d'un sentier latéral et arrêta son amie par ces mots :

– Hé, Trine ! où cours-tu avec ce papier ? Que tu es pressée ! il n'y a le feu nulle part pourtant ? Dis-moi donc comment va Jean !

– Jean ! répondit Trine, le bon Dieu le sait, ma chère Jeanne. Depuis qu'il est parti, nous n'avons encore eu que trois fois de ses nouvelles, et il se portait bien. Voilà plus de six mois qu'un camarade de Turnhout à laissé pour nous à la Couronne une commission de lui ; cela doit être bien malaisé aussi, car il est quelque part de l'autre côté de Maestricht, et il ne vient pas tous les jours de si loin des connaissances de ce côté-ci.

– Ne sait-il donc pas écrire, Trine ?

– Il l'a bien su, à preuve que quand nous étions petits et que nous allions ensemble à l'école chez le sacristain, il a même eu un prix d'écriture. Mais il l'aura oublié comme moi.

– Et que vas-tu faire de ce papier ?

– Oh, Jeanne, depuis deux mois, vois-tu, j'ai retiré de mon coffre mon vieux cahier d'écriture, et j'ai rappris. Je veux essayer si je ne pourrai pas faire une lettre. Cela ira-t-il, je n'en sais rien. As-tu jamais écrit une lettre en ta vie ?

– Non, mais j'en ai entendu lire beaucoup ; mon frère Jacques, qui demeure à la ville, nous en envoie une presque tous les mois.

– Et comment cela est-il une lettre ? Qu'y a-t-il dedans ? Est-ce comme si on parlait à quelqu'un ?

– Oh que non, Trine ! C'est quelque chose de très-beau ! toutes sortes de compliments et de grands mots qu'on ne peut presque pas comprendre.

– Ah mon Dieu, Jeanne, comment en sortirai-je ? Mais si, par exemple, j'écrivais ainsi : – « Jean, nous sommes tristes, parce que nous ne savons si vous vous portez bien ; il faut nous donner bien vite de vos nouvelles, sans quoi votre mère en deviendra malade, » et toujours ainsi ; – il comprendrait bien cela, n'est-ce-pas ?

– Folle ! ce n'est pas une lettre, ça ! tout le monde parle comme cela, qu'on soit savant ou pas. Attends un peu ! Cela commence toujours comme ceci : – « Parents très-vénérés ! je prends tout tremblant la plume à la main pour… pour… pour… » je ne puis pas y venir…

– « Pour vous écrire ! »

– Ah ! tu le sais mieux que moi. Tu te moques de moi ; cela est très-mal à toi, Trine !

– Où donc as-tu la tête, Jeanne ? Quand il prend la plume à la main, c'est sûrement pour couper une tartine, n'est-ce pas ? Ta simplicité me fait rire. Mais je ne comprends pas pourquoi ton frère tremble toujours quand il lui faut commencer une lettre. Bien sûr qu'il ne sait pas bien écrire ? Et c'est encore pire alors, car quand on tremble, on écrit encore plus mal.

– Non, ce n'est pas pour cela ; Jacques va un peu son train en ville, et il demande toujours de l'argent ; voilà pourquoi il tremble, car le père n'est pas bon ! À propos, Trine, comment va votre vache ?

– Passablement bien. Elle a été un peu malade, la pauvre bête ; mais maintenant elle mange de la luzerne, et elle commence à avoir bon appétit. Nous avons vendu le veau à un paysan de Wechel. C'était un tacheté, une si belle petite bête !

Pendant des derniers, mots les deux jeunes filles s'étaient déjà éloignées l'une de l'autre de quelques pas.

– Allons, bon voyage, Trine ! cria Jeanne reprenant son chemin. Tâche de faire ta lettre, et fais bien nos compliments à Jean !

– Jusqu'à dimanche après la grand'messe ; je pourrai te dire alors comment ça aura été… Dis bonjour pour moi à ta sœur…

La voix de Jeanne résonnait déjà sous les sapins ; elle chantait sur un rhythme joyeux et à plein gosier le refrain de la chanson de mai bien connue :

Le mai, sous les rubans, balance
Son jeune sommet verdoyant ;
Filles et garçons en cadence
Tout alentour dansent gaîment,
Filles, garçons, tant que vous êtes,
Mettez à profit les beaux jours.
Et passez la jeunesse en fêtes,
Quand elle part, c'est pour toujours !

Trine demeura immobile et rêveuse jusqu'à ce que la jolie voix de son amie se perdît dans les profondeurs du bois. Elle s'élança alors dans le chemin, demi-dansant demi-marchant, et fut bientôt à la maison.

Les deux veuves assises près de la table attendaient impatiemment son retour. Le grand-père, qui avait un rhume et était couché dans l'alcôve, passa la tête entre les rideaux au moins pour être témoin oculaire et auriculaire de la grande œuvre qui allait s'entreprendre.

Dès que la jeune fille parut sur le seuil, les deux femmes rassemblèrent en toute hâte les objets qui se trouvaient sur la table, et essuyèrent celle-ci avec le coin de leur tablier.

– Viens ici, Trine, dit la mère de Jean, mets-toi sur la chaise du grand-père ; elle est bien plus commode.

La jeune fille prit silencieusement place à la table, posa les feuilles de papier devant elle, et mit en rêvant le bec de la plume entre ses lèvres...

Pendant ce temps les femmes et le grand-père contemplaient avec une extrême curiosité la jeune fille plongée dans ses réflexions. Le petit frère, les deux coudes sur la table et bouche béante, promenait son regard de la bouche aux yeux de Trine, pour épier ce qu'elle allait faire de la plume.

Mais Trine se leva, toujours muette, prit dans l'armoire une tasse à café, y versa l'encre que renfermait la petite bouteille et revint s'asseoir à la table, et se mit à tourner et retourner dix fois le papier.

Enfin elle plongea la plume dans l'encre et s'arrangea comme si elle allait écrire. Après un instant elle leva la tête et demanda :

– Eh bien, dites-moi donc ce que je dois écrire !

Les deux veuves se regardèrent l'une l'autre d'un air interrogateur et portèrent en même temps les yeux sur le grand-père malade qui, le cou tendu, avait l'œil fixé sur la main de Trine.

– Eh bien, écris toujours que nous nous portons tous bien, dit le vieillard en toussant ; une lettre commence toujours comme ça.

– Voilà bien une chose à dire ! répliqua Trine avec un sourire désapprobateur, que nous nous portons tous bien ! et depuis quinze jours vous êtes au lit, malade...

– Tu pourrais tout de même mettre ça à la fin de la lettre.

– Non, ma fille, sais-tu ce qu'il faut faire ? dit la mère de Jean. Commence par lui demander comment va sa santé, et quand cela y sera, petit à petit nous y mettrons autre chose…

– Non, mon enfant, dit l'autre veuve, écris d'abord que tu prends la plume à la main pour t'informer de l'état de sa santé. C'est comme ça que commençait la lettre de Jean-Pierre, que j'ai entendu lire hier chez le meunier.

– Oui, c'est ce que dit aussi la Jeanne du sabotier ; je ne le ferai pas pourtant, car c'est trop enfant, répliqua Trine avec impatience. Jean saura bien de lui-même que je n'ai pu écrire avec le pied.

– Voyons, mets toujours son nom en haut du papier, dit le grand-père ;

– Quel nom ? Braems ?

– Mais non, Jean !

– Vous avez raison, père, dit la jeune fille. Va-t'en, Paul ; ôte tes bras de la table. Et vous, mère, mettez-vous un peu plus loin, car bien sûr vous allez me pousser !

Elle posa la plume sur le papier, et tandis qu'elle cherchait la place où il fallait écrire, elle épela à voix basse le nom de l'ami absent.

Tout à coup la mère de Jean se leva et saisit vivement la main qui tenait la plume :

– Attends un peu, Trine, dit-elle. Ne te semble-t-il pas que Jean tout seul n'est pas bien, C'est si court ; Il faudrait mettre quelque chose avec. Ne serait-ce pas mieux de mettre cher fils ou cher enfant ?

Trille entendit à peine ces paroles ; elle était occupée à lécher le papier, et s'écria à demi fâchée :

– Voyez ce qui arrive ! Une grande tache sur le papier, et j'ai beau lécher, elle ne s'en va pas. Il me faut prendre l'autre feuille.

– Eh bien, qu'en dis-tu, Trine ? Cher fils ! c'est toujours beaucoup plus beau, n'est-ce pas ?

– Non, je ne veux pas y mettre cela non plus, murmura Trine avec dépit. Est-ce que je puis écrire à Jean comme si j'étais sa mère ?

– Que vas-tu donc mettre ?

Une pudique rougeur monta au front de la jeune fille, tandis qu'elle répondait :

– Si j'écrivais cher ami ? Ne trouvez-vous pas que ce serait le mieux de tout ?

– Non, je ne veux pas cela non plus, dit la mère ; mets encore plutôt Jean tout court.

– Bien-aimé Jean ? demanda la jeune fille.

– Oui, c'est bien ainsi ! dirent ensemble tous les autres enchantés de cette solution de la difficulté.

– Restez donc tous loin de la table, s'écria Trine, et retenez Paul pour qu'il ne me pousse pas !

La jeune paysanne se mit à l'œuvre. Au bout d'un instant, de grosses gouttes de sueur perlaient déjà sur son front ; elle retint son haleine, et son visage devint pourpre. Bientôt un long soupir s'échappa de sa poitrine et comme si elle se fût sentie délivrée d'un poids énorme, elle s'écria avec joie :

– Ouf ! Ce B est la plus difficile de toutes les lettres ; mais le voilà enfin avec sa longue tête !

Les deux femmes se levèrent et considérèrent avec admiration la lettre, qui était au moins aussi grande que le petit doigt.

– Cela est joli ! s'écria la mère de Jean ; cela ressemble à une guêpe ; et cela veut dire Bien-aimé Jean ! Écrire est pourtant une belle chose : on dirait quasi qu'il y a de la sorcellerie là-dedans !

– Allons ! allons ! laissez-moi continuer ! dit Trine avec résolution ; je m'en tirerai bien. Si seulement la plume ne crachait pas autant !

Elle recommença à travailler suant et soufflant. Le grand-père regardait et toussait, les femmes se taisaient et n'osaient bouger ; le petit frère trempait son doigt dans l'encre et pointillait son bras nu de taches noires.

Quand, au bout d'un certain temps, la première ligne fut pleine de grandes lettres, la jeune fille s'arrêta.

– Où en es-tu, Trine ? demanda la mère de Jean. Il faut nous lire tout ce que tu as mis sur le papier.

– Que vous êtes pressée ! s'écria Trine ; il n'y a encore rien autre chose que Bien-aimé Jean. Il me semble que c'est déjà bien comme cela. Voyez un peu comme la sueur me coule du front ! J'aime encore mieux ôter le fumier de l'écurie ; vous croyez sans doute que ce n'est pas un travail qu'écrire ? Paul, ne touche plus à l'encre, autrement tu renverseras la tasse.

– Continue donc, ma fille, dit le vieillard, sans cela la lettre ne sera pas encore écrite la semaine prochaine.

– Je le sais bien, répondit Trine, mais dites-moi, vous autres, ce qu'il faut que je dise.

– Informe-toi d'abord et avant tout de sa santé !

La jeune fille écrivit de nouveau pendant quelque temps, effaça avec le doigt deux ou trois lettres manquées, sua sang et eau pour saisir le cheveu qui suivait sa plume, grommela contre le sacristain, parce que l'encre était trop épaisse, et lut enfin à haute voix :

– « Bien-aimé Jean, comment va ta santé ? »

– C'est bien comme cela, dit la mère ; écris maintenant que nous nous portons tous bien, les gens et les bêtes, et que nous lui souhaitons le bonjour.

Trine réfléchit un instant, et continua à écrire. Lorsqu'elle eut fini, elle lut :

– « Dieu soit loué, nous sommes encore tous en bonne santé, et le bœuf et la vache aussi, excepté le grand-père qui est malade, et nous te souhaitons tous ensemble le bonjour. »

– Seigneur mon Dieu ! Trine ! s'écria sa mère, où as-tu appris cela ? Le sacristain…

– Ne me parlez pas ! dit la jeune fille en l'interrompant, ou vous allez me faire oublier. Je sens maintenant que cela ira.

Le plus profond silence régna pendant une demi-heure. Le travail paraissait aller plus facilement ; car la jeune fille souriait de temps en temps tout en écrivant. La seule contrariété qu'elle eût, était de voir Paul qui mettait les cinq doigts à la fois dans l'encre et qui avait teint en noir tout son bras. Dix fois déjà Trine avait transporté la tasse d'un côté à l'autre de la table ; mais le petit garçon était tellement entiché de l'encre, qu'on ne pouvait l'en tenir à distance.

Cependant les deux premières pages se remplirent jusqu'au bas. Sur les instances des femmes, Trine donna, avec un certain orgueil, lecture de son œuvre conçue comme il suit :

« Bien-aimé Jean,
« Comment va ta santé ? Dieu soit loué ! nous nous portons encore tous bien, et le bœuf et la vache aussi, excepté le grand-père qui est malade, et nous te souhaitons tous ensemble le bonjour. Il y a six mois passés que nous n'avons plus rien entendu de toi. Fais-nous donc savoir si tu vis encore. C'est mal à toi de nous oublier, nous qui t'aimons tant, tellement que ta mère parle de toi toute la journée, et que moi je rêve toutes les nuits que tu es malheureux, et que j'entends toujours ta voix crier à mon oreille : Trine ! Trine ! si fort que je m'éveille tout d'un coup… et le bœuf, pauvre bête, regarde toujours hors de l'étable, et gémit qu'on en pleurerait quasi. Et c'est pour nous tous un si grand chagrin de ne rien savoir de toi, qu'il faut en avoir pitié, Jean ; car ta bonne mère en tombera en langueur ; quand la pauvre femme entend ton nom, elle ne sait plus parler et commence à pleurer si fort que mon cœur à moi s'en brise souvent… »

Pendant la lecture de ces lignes les yeux des auditeurs s'étaient peu à peu remplis de larmes, mais au ton triste des derniers mots personne ne put résister à son émotion, et la jeune fille fut interrompue par des sanglots. Le grand-père avait posé la tête sur le bord du lit pour cacher ainsi ses larmes ; la mère de Jean trop profondément remuée pour comprimer le sentiment qu'elle éprouvait, se jeta sur la jeune fille et l'embrassa sans dire un mot, tandis que Trine remarquait avec stupéfaction l'effet de sa rédaction.

– Trine ! Trine ! où prends-tu les mots ? s'écria l'autre veuve. C'est comme des couteaux qui vous passent dans le cœur. Mais c'est tout de même bien beau !

– Oh, c'est la pure vérité, dit la mère de Jean en soupirant ; il faut qu'il sache enfin le mal que j'ai souffert ! Continue à lire, ma chère Trine ; je suis tout ahurie que tu saches écrire ainsi : on n'a jamais entendu chose pareille ; tes mains sont sûrement beaucoup trop bonnes, mon enfant, pour traire les vaches et travailler aux champs, mais Dieu permet tant de choses dans le monde !

Tout aise de ces éloges, la jeune fille dit avec un sourire fier :

– N'est-ce que cela ? Laissez faire, et j'écrirai au mieux avec le premier venu. Voilà déjà une bonne lettre trouvée… Écoutez ! ce n'est pas encore fini.

« Ô Jean, si tu savais, tu nous donnerais bien vite de tes nouvelles.

« Le trèfle a manqué à cause de la mauvaise semence, et puis parce qu'il a été gelé. Mais notre luzerne fait plaisir à voir ; elle est tendre comme du beurre. Le grain a un peu souffert du temps sec ; mais le bon Dieu nous a donné comme une bénédiction du beau sarrasin et beaucoup de pommes de terre hâtives. Et puis le champêtre est marié avec une fille de Pulderbosch qui est louche, mais qui lui apporte quelque chose… Jean-François, le maçon, est tombé du toit du brasseur sur le dos de notre vieux forgeron, et le forgeron en est mort, le pauvre homme ! »

La jeune fille se tut.

– Est-ce là tout ? demanda la mère d'un ton désappointé. Ne lui fais-tu pas savoir que la vache a vêlé ?

– Ah ! oui ; j'ai oublié cela… Là… c'est fait ! Écoutez : « Notre vache a fait le veau ; tout s'est bien passé, et le veau est vendu. »

– Ne lui diras-tu rien de nos lapins, Trine ? demanda le grand-père.

Après avoir écrit, la jeune fille lut :

« Le grand-père a fait une cage à lapins dans l'écurie ; ils sont aussi gras que des blaireaux ; mais le plus gros restera vivant jusqu'à ce que tu reviennes. Jean, nous ferons alors une fameuse fête… »

Tous partirent d'un joyeux éclat de rire ; le petit garçon, voyant l'allégresse générale, et lui-même ému par le mot fête, battit des mains en criant. Par malheur, sa main rencontra si brusquement la tasse, que celle-ci roula sur la table et versa comme un noir ruisseau l'encre sur la belle lettre.

Le rire disparut de tous les visages ; muets et consternés, on se regarda les uns les autres ; toutes les mains se levèrent vers le ciel, tandis que le petit Paul, craignant d'être battu, hurlait et se lamentait par anticipation de façon à rompre les oreilles.

Pendant longtemps l'enfant fut accablé de reproches, et le désastre amèrement déploré ; le tout finit par cette exclamation :

– Oh ! mon Dieu, quel malheur !

– Allons ! allons ! dit Trine avec résolution, le malheur n'est pas si grand : j'avais l'intention de recopier la lettre ; car au commencement cela n'allait tout de même pas bien : les lettres étaient trop grandes et l'écriture trop de travers. Je saurai faire mieux à cette heure que j'ai pris courage à la chose. Je vais courir bien vite au village pour y prendre du papier et de l'encre et pour faire retailler ma plume, car elle est devenue beaucoup trop molle.

– Va donc vite ! répondit-on. Tiens, voilà la pièce de cinq francs du veau. Fais-la changer chez le sacristain ; car il nous faudra bien envoyer trente sous au moins au pauvre Jean. Hop ! Paul… dehors, polisson ! et avise-toi de rentrer avant le soir, si tu l'oses !

Trine sortit aussitôt et, souriant d'un air satisfait, prit en courant la direction du village. Le triomphe qu'elle avait obtenu, la conviction qu'elle avait de pouvoir désormais écrire à Jean, et par-dessus tout une sorte de naïf orgueil de son habileté, remplissaient son cœur d'une douce joie.

Arrivée au tilleul du carrefour, elle vit de loin le porteur de lettres qui s'avançait vers elle à grands pas. Elle s'arrêta brusquement et sentit battre son cœur ; ce sentier ne conduisant qu'aux chaumières au delà desquelles s'étendaient la bruyère déserte et la forêt, elle ne doutait pas que le messager n'apportât des nouvelles de Jean.

En effet, lorsqu'il fut proche, il tira une lettre de son portefeuille, et dit en souriant :

– Trine, voici quelque chose pour vous qui vient de Venloo ; mais cela coûte trente-cinq cents.

– Trente-cinq cents ! murmura Trine en prenant la lettre d'une main tremblante et en considérant l'adresse, comme si elle réfléchissait.

– Oui, oui, répondit le facteur, cela est écrit sur l'adresse. Est-ce que je vous tromperais pour si peu ?

– Pouvez-vous changer cela ? demanda Trine en lui tendant la pièce de cinq francs.

Le facteur changea la pièce, retint le montant du port, salua amicalement la jeune fille, et s'en retourna au village.

Trine s'élança dans le sentier, et courut transportée d'allégresse vers la maison. Poussée par l'impatience, elle ouvrit la lettre, et ne fut pas peu surprise d'en voir tomber une seconde de l'enveloppe. Elle s'arrêta pour la ramasser. Elle rougit jusqu'au front ; un sourire flotta sur ses lèvres et ses yeux brillèrent d'une douce émotion. Sur la seconde lettre, il y avait en grandes lettres : Pour Trine seule… Pour Trine ! L'âme de Jean était enclose dans ce papier ; sa voix allait en sortir pour lui parler à elle seule ! Il y avait un secret entre Jean et elle !

Émue et troublée, elle resta un instant les yeux fixés sur le sol ; mille pensées de toute espèce lui passèrent par la tête comme un torrent, jusqu'au moment où le lointain mugissement du bœuf vint frapper son oreille et lui rappeler qu'elle ferait mal de s'arrêter plus longtemps. Elle cacha la seconde lettre dans son sein, et courut d'une haleine jusqu'à la chaumière, où elle tomba au milieu des femmes dans l'attente, en s'écriant d'une voix joyeuse et retentissante :

– Une lettre de Jean ! une lettre de Jean !

Les deux veuves, saisies de la stupéfaction que cause le bonheur, coururent à elle, et sautèrent de joie à cette nouvelle inattendue. Le grand-père fit, pour mieux voir, un tel mouvement hors de l'alcôve, qu'il faillit tomber du lit.

La jeune fille raconta précipitamment comment elle avait rencontré le facteur sur son chemin, et comment il lui avait demandé trente-cinq cents, mais elle fut interrompue dans son récit par les femmes qui s'écriaient incessamment :

– Oh ! Trine ? lis-la ! lis-la !

Trine alla s'asseoir à la table et commença à épeler la lettre à haute voix. L'écriture n'étant pas trop lisible, elle ne pouvait avancer que mot à mot, et plus d'une fois elle fut obligée de recommencer pour en faire quelque chose qui fût compréhensible. Elle lut :

« Très chers parents !
« Je prends la plume en main pour m'informer de votre santé, et j'espère que vous en ferez autant pour moi, vu que j'ai gagné mal aux yeux, et je suis à l'infirmerie. J'ai beaucoup de chagrin, chers parents, et j'ai peur aussi, parce qu'il y a tant de camarades qui sont devenus aveugles de la même maladie. »

Trine ne put continuer ; elle laissa tomber sa tête sur la lettre fatale et éclata en sanglots, tandis que les femmes et le grand-père déploraient leur malheur à grands cris et avec des larmes amères.

– Ô mon Dieu ! mon Dieu ! mon pauvre enfant ! mon pauvre enfant ! s'écria la mère de Jean en levant les mains au ciel, et en parcourant la chambre avec désespoir. Aveugle ! aveugle !

La jeune fille releva la tête, et dit tout en pleurant :

– Pour l'amour de Dieu, ne faites pas les choses pires encore ; c'est déjà bien assez triste. Laissez-moi continuer ; peut-être ça va-t-il mieux que nous ne le pensons. Taisez-vous un peu, et écoutez :

« Mais dis à ma mère qu'elle ne doit pas être inquiète ; car tout va pour le mieux, et j'espère, si Dieu le permet, que je guérirai. Le pire de tout est encore la faim ; car nous sommes à l'infirmerie à la demi-ration. Le pain et la viande qu'on nous donne pour tout un jour se mettraient en bouche facilement d'un seul coup ; avec cela nous avons une gamelle de ratatouille, sans sel ni poivre, et c'est tout. Vivez de cela quand vous vous portez bien ! C'est pourquoi, mes chers parents, si vous le pouvez, envoyez-moi un peu d'argent. Nous ne touchons pas de paie ici, et nous sommes toute la journée à nous chagriner dans l'obscurité, car nous ne pouvons pas voir de lumière. Des compliments au grand-père, et à Trine, et à sa mère, et à Paul, et je vous souhaite à tous une bonne santé et une longue vie.

« Kobe, le fils du jardinier Baptiste, est devenu caporal. À la caserne, les rats ont fait un grand trou dans mon sac, et on a mis un sac neuf à ma masse, et cela coûte sept francs et septante centimes. Autrement, je n'ai plus de dettes. Je suis aimé de tous mes officiers, et le sergent, qui est un Wallon de Liége, me voit tout à fait de bon œil.

« Celui qui a écrit cette lettre est Karel ; il est aussi à l'infirmerie avec un mal aux yeux. Mais il ne faut pas le faire savoir à son père, car il est presque guéri. Les autres amis de notre village sont encore en bonne santé. Avec cela, chers parents, nous avons tous l'honneur de vous saluer des pieds et des mains.
« Votre fils obéissant. »

Après cette lecture, Trine porta à ses yeux le coin de son tablier et se désola silencieusement ; le grand-père avait disparu sous les couvertures, les deux femmes pleuraient toujours sans parler.

Ce douloureux silence, qu'interrompaient seuls de temps en temps des soupirs et des sanglots, dura longtemps ; enfin Trine se leva, détacha une faucille de la muraille et gagna la porte en disant :

– Avec ce chagrin, j'allais oublier notre pauvre bœuf ! Je vais chercher de la luzerne au champ. Prenez courage en attendant, et pensez à ce que nous devons faire.

Personne ne répondit. La jeune fille prit une brouette près de la porte, et s'éloigna de la maison. Au détour d'un bouquet de chênes, elle s'arrêta cachée par le feuillage et s'assit sur la brouette. Elle ouvrit son fichu d'une main tremblante et en tira la lettre. Après l'avoir ouverte, elle épela à haute voix ce qui suit, non sans que son regard fût plus d'une fois obscurci par les larmes :

« Karel a écrit cette lettre aussi ; mais je lui ai dit mot pour mot ce qu'il devait mettre dedans.

« Trine,
« Je n'ai pas osé l'écrire à ma mère, parce que c'est trop terrible. Trine, je suis aveugle, aveugle pour la vie ! Mes deux yeux sont perdus ! Il n'y a pas là sûrement de quoi parler de si grand chagrin ; mais je ne pourrai jamais plus te voir en ce monde, ni ma mère, ni mon grand-père, ni aucun de ceux qui m'aiment ; – j'en mourrai, je le sens bien.

« Trine, depuis que je suis aveugle, je te vois toujours devant mes yeux, et c'est la seule chose qui me retienne encore à la vie ; mais je ne dois plus penser à cela, ni toi non plus. Ah ! ma chère amie, va à la kermesse comme avant, ne laisse pas cela pour moi et profite de ton jeune temps ; car si tu devais être malheureuse à cause de moi, je serais encore plus tôt couché sous la terre.

« Trine, je t'ai écrit cela à toi seule pour que tu le fasses savoir petit à petit à ma pauvre mère. Que ça ne lui vienne pas d'ailleurs, pour l'amour de Dieu, Trine !
« Ton malheureux Jean jusqu'à la mort. »

À peine la jeune fille, en proie à une violente surexcitation nerveuse, eut-elle lu le dernier mot de cette lettre, qu'une pâleur mortelle s'étendit sur son visage, ses bras s'affaissèrent à ses côtés, ses yeux se fermèrent, et sa tête se pencha languissamment en arrière sur la brouette…

Elle gisait privée de sentiment et plongée dans un profond évanouissement.

La brise tiède de la bruyère murmurait dans les chênes et faisait ondoyer l'ombre du feuillage sur son front d'albâtre ; l'abeille voltigeait en bourdonnant à son oreille ; l'alouette chantait sa chanson au fond du ciel ; plus loin, dans la solitude, régnait l'éternel cri de la cigale, et cependant tout pour elle était calme et silencieux... rien n'éveillait la jeune fille de son mortel assoupissement.

Le soleil poursuivit insensiblement sa carrière jusqu'à ce qu'un de ses ardents rayons perçât le feuillage et vînt éclairer le visage de la jeune fille.

L'infortunée ouvrit lentement les yeux, tandis que le sang recommençait à couler dans ses veines. Elle leva la tête comme quelqu'un qui s'éveille et promena autour d'elle un regard étonné, comme si elle n'eût pas eu conscience de son état.

La lettre, encore ouverte à ses pieds, lui rappela l'affreuse catastrophe. Elle ferma le fatal papier, le cacha dans son sein, pencha la tête vers la terre et tomba dans une profonde méditation.

Peu d'instants après, elle se leva, mena en toute hâte sa brouette dans un petit champ, où elle arracha à demi et coupa à demi de la luzerne. En moins d'un instant, la brouette fut pleine jusqu'au comble. La jeune fille regagna la maison avec la même rapidité, jeta le fourrage devant la vache, et entra dans la chaumière en disant :

– Demain matin, au point du jour, je pars pour aller voir Jean !

– Oh ! mon enfant, s'écria sa mère, c'est à l'autre bout du pays. Quelle idée est-ce là ? Tu ne le trouverais pas en un an !

– Je vais voir Jean, vous dis-je, répéta la jeune fille d'un ton résolu. Je le trouverai, fût-il à cent lieues d'ici. Le secrétaire de notre commune me montrera par où je dois aller.

La mère de Jean, les mains jointes, le visage suppliant, s'élança vers la jeune fille et s'écria en sanglotant :

– Ah ! Trine, cher ange, ferais-tu bien cela pour mon enfant ? Je te bénirai jusque sur mon lit de mort !

– Le faire ? s'écria Trine. Le faire ? Le roi lui-même ne saurait m'en empêcher : je verrai Jean et je le consolerai, ou je mourrai à la peine !

– Oh ! merci mille fois, Trine ! s'écria la mère de Jean en étreignant la jeune fille de ses deux bras.

IV

Il est à peine sept heures du matin, et cependant la chaleur est déjà forte, car le soleil brille de tout son éclat dans l'azur d'un ciel sans nuages.

Une jeune paysanne marche vaillamment dans un chemin peu éloigné des bords charmants de la Meuse. Son costume annonce qu'elle est étrangère au pays, car les femmes du Limbourg, ne portent ni bonnets de dentelle à grandes barbes, ni chapeaux de paille de cette forme. Elle porte ses souliers à la main et marche pieds nus ; la sueur coule à grosses gouttes de son front. Bien que fatiguée jusqu'à l'épuisement, elle tient l'œil fixé avec une joie indicible sur quelques clochers lointains. Là est la ville de Venloo, le but de son voyage.

Pauvre Trine, depuis quatre jours déjà elle s'en va errant, demandant, se fourvoyant. À peine s'est-elle permis un court sommeil et quelque nourriture ; mais Dieu et sa forte nature l'ont soutenue… Elle l'a trouvé ce lieu où son malheureux ami souffre et languit loin des siens. Elle a oublié toutes ses souffrances, son cœur bondit de joie et palpite d'impatience. Si elle avait des ailes, elle volerait avec la rapidité de l'éclair vers ces tours sur le toit desquelles le soleil resplendit comme sur un miroir.

La jeune fille continua sa route, avec une rapidité croissante, jusqu'à ce que les fortifications de Venloo apparussent à ses yeux. Elle se hâta de mettre ses souliers, secoua la poussière qui couvrait ses vêtements, ajusta ceux-ci, et entra dans la forteresse d'un pas délibéré.

À quelques pas au delà des remparts extérieurs, elle vit un soldat, le fusil au bras, qui allait et venait devant une guérite. Déjà à une certaine distance elle sourit amicalement au factionnaire ; mais celui-ci la regarda avec une indifférence rébarbative. Cependant elle s'approcha hardiment du soldat, et lui demanda en souriant toujours et de l'air le plus affable :

— Mon ami, ne pouvez-vous me dire où je trouverai Jean Braems ? Il est aussi soldat ici.

Le factionnaire était un Wallon de la province de Liège.

— Je ne comprends pas ! grommela-t-il en se tournant pour appeler le caporal.

Celui-ci sortit du corps de garde et s'avança d'un air bienveillant vers la jeune fille, qui s'inclina par politesse et dit :

— Monsieur l'officier, pourriez-vous, s'il vous plaît, me montrer où est Jean Braems ?

Le caporal fit la mine d'un homme qui se trouve trompé dans son attente ; il se tourna vers le corps de garde et cria en patois du Hainaut :

— Eh ! Flamand, viens un peu ici ! Il y a une pinte à gagner !

Un jeune soldat sauta à bas du lit de camp et parut en se frottant les yeux encore gros de sommeil ; à la vue de la jeune fille, sa physionomie s'adoucit.

– Eh bien, Mieken demanda-t-il, que voulez-vous ?

– Je viens ici pour voir Jean Braems : ne pouvez-vous me dire où il est ?

– Jean Braems ? Je n'ai jamais entendu ce nom-là.

– Il est cependant soldat dans les Belges, comme vous !

– C'est possible ; mais est-il dans la cavalerie ou dans l'infanterie ?

– Que voulez-vous dire, mon ami ?

– Je demande s'il est dans les soldats à cheval ou dans les soldats à pied !

– Je ne le sais pas ; mais il est soldat dans les chasseurs verts. Ne sont-ils pas dans cette ville-ci ?

– Alors je ne m'étonne plus que je ne le connaisse pas : nous sommes du neuvième !

Pendant cette conversation, le caporal et trois ou quatre soldats, parmi lesquels le factionnaire lui-même, s'étaient groupés autour de la jeune fille. Celle-ci ne comprenait pas pourquoi on la regardait en face si singulièrement, en plaisantant en wallon et avec force rires. Néanmoins, elle devint toute confuse et dit au Flamand d'une voix suppliante :

– Oh ! mon ami, montrez-moi donc le chemin ; je suis si pressée !

Le soldat complaisant lui répondit sur-le-champ :

– Passez la porte ; prenez la première rue à droite, puis à gauche, puis encore une fois à gauche, et puis de nouveau à droite jusqu'à ce que vous rencontriez une chapelle ; vous laisserez cette chapelle à votre main gauche pour prendre à droite, derrière une grande maison qui est une boutique ; après avoir marché encore un peu, vous reprendrez à gauche : vous arrivez alors sur le marché. Demandez la caserne du deuxième chasseurs ; le premier enfant venu vous la montrera.

Trine ne savait plus où elle en était ; sa tête se perdait dans ce pêle-mêle de gauche et de droite dont elle s'était efforcée de suivre l'enchaînement. Elle n'y avait rien compris, et allait demander des renseignements plus clairs, quand le factionnaire cria soudain à pleine voix :

– Aux armes !

Tous coururent en tumulte au corps de garde prendre leurs fusils. Le soldat dit rapidement à Trine effrayée :

– Allons, allons, partez vite, ou nous serons flanqués au cachot. Voici le commandant de place !

La jeune fille ne se le fit pas dire deux fois, car près de la porte de la ville elle, aperçut un officier à cheval qui lui sembla vêtu comme un roi et qui avait de formidables moustaches. Irrité de ce qu'il avait surpris la garde en conversation avec une femme, il regarda la pauvre paysanne avec des yeux aussi menaçants que s'il eût voulu l'avaler. Toutefois, il passa outre sans lui adresser la parole ; mais elle l'entendit en tremblant se répandre en invectives contre les soldats, sans pouvoir s'expliquer d'ailleurs d'où pouvait naître cette violente colère.

Elle se hâta d'entrer en ville, et finit aussi par trouver le marché. Elle remarqua çà et là des soldats d'uniformes différents ; mais l'aventure de la garde l'avait rendue circonspecte. Elle s'adressa à une bourgeoise.

– Madame, ne sauriez-vous pas le flamand ?

– Sans doute.

– Voudriez-vous me dire, s'il vous plaît, où sont les chasseurs ?

– Certainement. Il faut tourner ce coin, et aller toujours tout droit jusqu'au bout de la rue. Là se trouve la caserne des chasseurs.

– Je vous remercie mille fois, dit Trine, qui se dirigea vers la rue indiquée.

Arrivée devant la caserne, elle la reconnut facilement tant au nombre des soldats qui y entraient ou en sortaient qu'au roulement de tambour qu'elle entendit à l'intérieur.

Souriante de joie, elle marcha droit à la porte pour entrer ; mais le factionnaire lui cria d'une voix brusque :

– Halte ! arrière ! on n'entre pas !

La jeune fille ayant fait encore un pas, il la repoussa avec une rudesse un peu adoucie.

– Mais, mon ami, dit-elle en soupirant, je voudrais parler à quelqu'un qui est soldat aussi. Que faut-il donc que je fasse ?

– De quel bataillon et de quelle compagnie est-il ? demanda le factionnaire.

– Oh ! je n'en sais absolument rien ! dit la jeune fille avec découragement.

– Attendez une demi-heure, reprit le factionnaire ; dans un instant on va battre pour la soupe, et aussitôt après il y a appel pour l'exercice. Vous verrez tous les hommes sortir de la caserne, et, si vous avez de bons yeux, vous reconnaîtrez bien celui que vous cherchez. Allez, en attendant, boire un verre de bière au Faucon, et laissez-moi en paix ; car je vois là-bas l'adjudant qui nous épie.

La sentinelle laissa Trine stupéfaite et bouche béante ; il frappa avec force de la main droite sur la crosse de son fusil, porta la tête en arrière et se mit, comme un bon soldat, à se promener de haut en bas d'un pas régulier, sans jeter les yeux sur la jeune paysanne.

Celle-ci demeura un instant absorbée dans une triste rêverie, et s'efforça de comprendre comment ce pouvait être mal de montrer son chemin à un étranger. La douleur commençait à s'emparer de son âme. Toutefois, une demi-heure d'attente ne lui sembla pas très-longtemps. À la sortie des chasseurs, elle se placerait près de la porte de la caserne ; et pas un seul homme, à coup sûr, n'échapperait à son attention. Elle verrait et reconnaîtrait Jean ; mais, à cette pensée pleine d'espérance, ses traits s'assombrirent soudain : elle venait de songer qu'il n'était pas vraisemblable qu'un soldat aveugle accompagnât les autres. Et pourtant, que pouvait-elle en savoir ? Tout lui semblait ici si étrange et si extraordinaire ! Dans son doute, elle suivit le conseil du factionnaire, et s'achemina lentement vers le Faucon. Elle entra dans l'estaminet, demanda un verre de bière, et à demi honteuse alla s'asseoir à une table éloignée dans un coin.

Huit ou dix soldats se trouvaient dans la salle, debout près du comptoir, et devisant à haute voix d'affaires de service.

Dès l'entrée de la jeune fille, tous s'étaient tournés vers elle, et tout en riant avaient échangé chacun son observation ; mais comme ils parlaient français ou wallon, Trine ne comprit pas ce qu'on disait d'elle ; et bien que les regards hardis des soldats la rendissent confuse, elle dit avec un doux sourire :

– Je vous souhaite à tous le bonjour, mes amis.

Ces soldats lui paraissaient de braves gens, à l'exception d'un seul qui était plus âgé que les autres, et leur parlait avec une sorte d'autorité. Il portait de gros gants de peau de daim ; les boutons de sa veste reluisaient comme l'or, le bonnet de police penchait sur son oreille gauche, ses moustaches luisantes étaient relevées en croc au moyen de cire noire ; il était campé, le corps en arrière et la main sur la hanche, comme une perpétuelle provocation. Assurément, ce hautain guerrier devait être prévôt d'armes ou maître d'escrime.

Cet air et cette attitude n'étaient pas ce qui avait donné à la jeune fille mauvaise opinion de lui ; ce qui la mécontentait c'était qu'il lui fît si insolemment baisser les yeux sous son dur regard, et qu'il parût plaisanter à pleine voix sur son compte ; elle ne dissimula pas ses impressions, et l'orgueilleux chasseur put lire sur le visage de la jeune fille qu'elle n'éprouvait pour lui aucune sympathie.

Tandis qu'ils s'observaient ainsi l'un l'autre, l'hôtesse apporta un verre de bière à la jeune fille. Un jeune soldat, dont le regard était bienveillant et doux, s'approcha d'elle, et avançant son verre, lui dit dans le dialecte campinois :

– Trinquons ensemble, Mieken ! Vous êtes sans doute du côté d'Anvers ?

– Non, camarade, je suis du côté de Saint-Antoine, de Schilde ou de Magerhalle, comme vous voudrez.

– Et moi, je suis un garçon de Wechel ; par ainsi, nous sommes pays !

Une douce joie illumina les traits de la jeune fille ; elle adressa au jeune soldat un affectueux regard, comme si elle eût trouvé un frère en lui.

Sur ces entrefaites, les autres chasseurs s'étaient aussi rapprochés de la table, les uns debout, les autres assis ; entre autres, le soldat aux moustaches retroussées s'était placé si près de la jeune fille, qu'il la touchait presque.

Trine ne put supporter cette familiarité moqueuse, et se mit à trembler comme si elle avait peur. Elle prit elle-même la main de son compatriote, et lui dit d'une voix douce et suppliante :

– Oh ! mon bon ami, restez assis près de moi, s'il vous plaît ; j'ai peur de ce Wallon. Qui croit-il donc que je suis ?

– Bah ! bah ! répondit l'autre ; c'est un fanfaron. Qu'il vous touche seulement, et il aura mon poing sur les moustaches, tout maître d'armes qu'il est !

Encouragée par ces paroles, Trine se tourna vers le railleur et lui dit avec fierté :

– Monsieur le soldat, je vous prie de vous asseoir un peu plus loin. Que pensez-vous donc ? Me prenez-vous pour une fille de rien ?

Le maître d'armes poussa un long éclat de rire. Il recula cependant un peu sa chaise, en proférant des plaisanteries que la jeune fille heureusement ne comprit pas.

– Dites-moi, mon ami, demanda Trine à son protecteur, dites-moi votre nom ; je tiens à le savoir.

– François Caers !

– François Caers ! Voyez un peu comme on se rencontre : il n'y a pas quinze jours que nous avons vendu un veau à votre père. Un si beau veau tacheté ! J'en ai encore l'argent dans ma poche.

– Et comment va mon père ? bien ?

– Bien ! c'est un homme comme un chêne… Et je me rappelle maintenant qu'il m'a dit que vous étiez aussi soldat… Mais ne connaissez-vous donc pas notre Jean ?

– Comment est son autre nom ?

– Braems !

– Oh ! mon Dieu, comment ne connaîtrais-je pas Jean Braems ! Nous sommes de la même compagnie… Nous sortions toujours ensemble avant qu'il eût mal aux yeux.

La jeune fille saisit les deux mains du soldat avec une profonde émotion, et reprît :

– Voyez-vous, mon ami, je remercie notre Seigneur d'être venue dans cet estaminet. Vous me montrerez bien où je dois aller pour voir Jean, n'est-ce pas ? Les jeunes gens de notre côté sont tous de bons garçons !

– Certainement, je vous conduirai jusqu'à l'infirmerie. Vous savez qu'il est aveugle ?

– Hélas ! oui, dit Trine avec un gros soupir ; mais, au nom de Dieu, c'est donc bien vrai ? Nous en avons tant pleuré…

Les soldats avaient vu avec une sorte de jalousie l'intimité qui s'était établie entre Trine et le jeune Campinois. Le maître d'armes surtout s'agitait sur sa chaise avec force gesticulations. Ce faisant, il s'était rapproché de la jeune fille, et au moment où elle songeait le moins à lui, il lui passa la main sous le menton.

Le Flamand bondit impétueusement et éclata en menaces ; mais Trine, dont le visage était pourpre d'indignation, se leva et appliqua sa main avec tant de force sur la face du maître d'armes, que la tête lui en tourna.

Dès que le maître d'armes fut revenu de son étourdissement ; l'estaminet devint le théâtre d'une scène de tumulte et de confusion. Il saisit une pinte et voulut en frapper la jeune fille à la tête ; mais le jeune Campinois, plus solidement bâti que lui, lui sauta lestement à la gorge et lui enleva la pinte. Les camarades intervinrent et séparèrent les combattants en disant que des soldats ne se battaient pas à coups de poing, et que c'était au sabre à décider entre eux.

Tandis que Trine tremblante et en proie à la plus vive anxiété entendait un torrent de grossières invectives frapper son oreille, tandis que les soldats se bousculaient de çà, de là, tout en se querellant et que l'hôtesse s'écriait qu'elle allait appeler la garde, un roulement de tambour retentit soudain dans la caserne.

– La soupe ! la soupe ! s'écrièrent ceux qui n'étaient pas mêlés à la dispute ; ils laissèrent les autres là et quittèrent à la hâte l'estaminet.

Le maître d'armes proféra encore quelques menaces en s'en allant de même, et disant au Campinois :

– À chinq heures sol terreing ! edj vindrai vo quérie !

– Bien, bien, blagueur, on y sera ! répliqua le soldat provoqué, avec un rire moqueur.

– Malheureuse que je suis ! Qu'ai-je eu à souffrir là, mon cher François ! dit Trine en sanglotant lorsqu'elle se vit seule avec son protecteur. Est-ce fini, au moins ?

– Fini ? Je dois ce soir me battre au sabre contre ce mangeur de fer.

– Oh ! et cela à cause de moi ! s'écria la jeune fille en pâlissant et en tremblant de tous ses membres.

– Ne vous alarmez pas de cela, ma fille ; ce n'est que pour rire. Il se tirera encore d'affaire en proposant d'aller boire ensemble ; c'est une manière qu'a ce Wallon de se procurer du genièvre quand sa paie est dépensée. Cela lui arrive deux fois par semaine ; tout le monde connaît la chose. Partons vite ; je vous conduirai à l'infirmerie où est Jean Braems.

Trine paya la bière, et sortit de l'estaminet avec le soldat. Celui-ci la conduisit, tout en causant, deux ou trois rues plus loin, et la quitta en lui disant :

– Voyez-vous là-bas ce soldat assis sur un banc à la porte d'une grande maison ? Eh bien, c'est là qu'est l'infirmerie. Il faut parler à ce soldat. Il vous laissera entrer, si c'est possible. Bon retour au pays et bien des compliments à mon père, si vous en avez l'occasion.

– Merci mille fois, mon ami ! répondit Trine en le quittant pour se rendre à l'infirmerie.

Lorsque la jeune fille se trouva seule, une triste inquiétude s'empara de nouveau de son âme, et elle se sentait à peine le courage d'adresser la parole au soldat assis sur le banc. Cependant, à mesure qu'elle approchait de l'infirmerie, un sourire de joie vint éclairer son visage. Il lui sembla reconnaître le soldat. En effet, à quelques pas de distance, elle l'appela par son nom : c'était le fils de Baptiste le jardinier, ce même Kobe dont Jean avait annoncé dans sa lettre la nomination comme caporal, et il se trouvait assis sur le banc en qualité de caporal-planton.

Aussitôt qu'il aperçut la jeune fille, il se leva avec une exclamation, et courut à elle en s'écriant avec une joyeuse surprise :

– Est-ce bien vous, chère Trine ? Seigneur Dieu, quel plaisir de vous voir ! Comment ça va-t-il dans notre village ? Ma mère est-elle guérie ? Comment se porte Charlotte Verbaets ? Savent-ils là-bas que je suis devenu caporal ? Qu'a dit Charlotte en apprenant cela ?

– Cela va toujours bien, répondit Trine. Votre mère était déjà dimanche à la grand'messe ; elle est quitte de la fièvre, et il serait mal aisé de voir qu'elle a été malade. – J'ai dit moi-même, en passant, à Charlotte que vous êtes devenu officier...

– Eh bien, n'a-t-elle pas ri ?

– Non, elle est devenue rouge jusqu'aux cheveux ; mais elle était tout de même si contente qu'elle ne savait plus parler ; je l'ai bien vu dans ses yeux.

Robe le caporal pencha lentement la tête et fixa les yeux sur le sol ; l'expression de sa physionomie changea tout à coup ; lui aussi sentait la rougeur de l'émotion monter à ses joues et son cœur battre à coups précipités. Le village natal avec sa bruyère et ses bois, le timide regard de sa bien-aimée, l'affectueux sourire de sa mère, les joies du dimanche après le long travail de la semaine ; les chansons sous les tilleuls verdoyants, le babil de la pie de la maison, l'aboiement du chien, le bruit sourd et monotone du vent dans les sapins, tout cela surgissait frais et plein de vie sous ses yeux, tout cela se confondait à son oreille en une harmonie magique ; tout cela le retenait fasciné dans la contemplation enchanteresse de la vie tant regrettée des jours passés...

– Qu'ai-je donc dit qui vous attriste, Kobe ? demanda Trine d'une voix douce.

– Ah ! chère Trine, répondit-il, je ne le sais pas moi-même ; notre village est venu tout d'un coup sous mes yeux, aussi clairement que si je voyais le soleil briller sur notre clocher. Mon père était occupé à râteler le chaume dans notre champ, ma mère était auprès de lui, et j'entendais qu'ils parlaient de moi… J'étais comme hors de sens ; mais c'est fini maintenant…

– Allons, Kobe, dit Trine, menez-moi tout de suite auprès de Jean ; il sera si content de me voir…

– Vous savez sûrement son malheur ?

– Hélas ! oui, je viens pour lui parler et le consoler. Ne me faites pas attendre davantage, et conduisez-moi bien vite près de lui.

– Chère Trine, comme je vous plains ! dit Kobe en soupirant avec une sincère tristesse.

– Et pourquoi ? s'écria Trine. Oh ! Kobe, achevez : vous me faites peur.

– Malheureuse Trine ! répondit Kobe, personne ne peut voir les aveugles ni ceux qui ont mal aux yeux ! cela nous est défendu sous une forte punition.

Un cri perçant et douloureux échappa à la jeune fille ; elle porta son tablier à ses yeux, et reprit en pleurant convulsivement :

– Seigneur, mon Dieu ! avoir marché et souffert pendant quatre jours, et ne pas même pouvoir le voir ! Si c'est comme ça, je ne partirai pas vivante d'ici : soyez-en sûr.

– Trine, il ne faut pas pleurer ainsi dans la rue, dit Kobe, ou les gens viendront s'attrouper autour de nous. Soyez calme…

La jeune fille, était-ce courage ou désespoir ? essuya ses larmes, et s'écria :

— Quand je devrais entrer dans cette maison comme un voleur, quand un sabre devrait me percer le cœur, je le verrai, et je lui parlerai... Empêchez-m'en si vous le pouvez !

— Écoutez, chère Trine, dit le caporal avec douceur, j'y perdrai peut-être mes galons, mais je vous aiderai. Tenez-vous tranquille et faites comme si vous ne saviez rien. Bientôt le sergent ira au rapport chez le commandant de place ; la visite du docteur est déjà faite et le directeur ne se porte pas bien : il ne viendra pas dans les salles. Quand le sergent sera parti, je vous mènerai tout doucement dans la chambre des aveugles. Mais, Trine, si je suis mis au cachot et que je perde mes galons ; dites bien à ma mère et à Charlotte que c'est par amitié et par compassion...

— Soyez sûr, Kobe, répondit la jeune fille les yeux humides, soyez sûr que je vous en serai reconnaissante toute ma vie ; laissez-moi faire, j'arrangerai tout pour que Charlotte vous écrive une lettre dès que je serai revenue à la maison.

— Elle ne sait pas écrire, Trine ! dit le caporal avec un soupir.

— Je le sais, moi ! répliqua la jeune fille ; je le ferai pour elle, et je mettrai dedans des choses qui vous feront sauter de joie.

— Trine, je ne suis pas ici en sentinelle ; je suis planton, et il ne m'est pas défendu de parler avec les gens. Venez vous asseoir sur le banc sans laisser rien voir jusqu'à ce que le sergent soit sorti. Je dirai que vous êtes ma sœur ; autrement il se mêlera encore de la chose. Causons un peu des amis de là-bas. Est-ce que Nicolas, le fils du brasseur, est marié avec la servante d'écurie du fermier Dierikx ? Et le poulain que nous avons vendu au baes de la Couronne, est-il devenu un beau cheval ?

Ils s'assirent sur le banc en laissant avec intention un certain espace entre eux, et se mirent à parler des absents

.   .   .   .   .   .
.   .   .   .   .   .

Dans l'hôpital des ophthalmiques, il y avait une chambre étrange : les fenêtres en étaient closes par des paravents de papier vert foncé ; pas un rayon de soleil n'y pouvait pénétrer. Pour ceux qui voyaient, c'était un morne réduit où une teinte plus triste que la plus profonde obscurité couvrait tous les objets de reflets funèbres et serrait le cœur des spectateurs d'une angoisse et d'une terreur secrètes. À proprement parler, il n'y faisait ni jour ni nuit ; mais il fallait d'abord être habitué à ce vert lugubre si l'on voulait distinguer quoi que ce fût. En outre, bien que ce lieu fût habité par des malheureux souffrant d'indicibles douleurs, il y régnait un profond silence, qu'interrompait seul de temps eh temps un gémissement arraché par le brûlant contact de la pierre infernale avec les yeux malades.

Les aveugles étaient assis le long des murs, sur des bancs de bois ; semblables à une réunion de spectres, ils se tenaient immobiles et muets dans l'ombre. Chacun d'eux portait une longue visière verte, nouée sur le front et abaissée devant la figure de telle façon qu'on ne pouvait voir les traits d'aucun.

Dans le coin le plus reculé était assis Jean Braems, la tête courbée sur les genoux, et rêvant douloureusement aux choses qu'il aimait et qu'il ne devait jamais revoir. Son âme était dans la contrée lointaine où demeuraient ses parents et ses amis. Parfois, sous la visière verte, un doux sourire se jouait sur sa bouche, et ses lèvres remuaient comme s'il eût conversé avec des êtres invisibles. En cet instant même il avait évoqué du fond des souvenirs l'image de sa bien-aimée, il l'avait forcée à murmurer encore à son oreille le timide aveu de son amour, quand tout à coup un bruit presque imperceptible se fit entendre sur l'escalier. Il sembla à Jean que son nom avait été prononcé. Quoi qu'il en fût, le jeune homme tremblant se leva brusquement comme frappé d'un choc invisible, et sa bouche dit en soupirant sans qu'il le sût :

– Trine ! Trine !

La porte s'ouvrit du dehors, et la jeune fille apparut avec le caporal sur le seuil de la chambre. Elle frémit d'épouvante quand sa vue tomba dans la salle obscure et lorsqu'elle aperçut ces ombres semblables à des fantômes et dont le visage était caché par les visières vertes comme par un masque. Elle recula en poussant un cri aigu ; mais sa voix avait frappé l'oreille de Jean Braems ; il marcha vers elle les mains en avant, tâtonnant et cherchant. Elle reconnut son malheureux amant, s'élança vers lui avec un gémissement déchirant, et noua avec une force fébrile ses deux bras au cou de l'aveugle.

D'abord, on n'entendit rien que les noms de Trine et de Jean répétés sur les différents tons de l'amour, de la pitié et de la tristesse. La jeune fille pleurait, appuyée sur le sein du soldat ; puis elle parut près de s'évanouir d'émotion, car sa tête s'inclina de côté, et ses bras dénoués s'affaissèrent sur les épaules de son malheureux ami.

Sur ces entrefaites, les autres aveugles étaient venus former cercle autour de la jeune fille, et interrogeaient ses vêtements de la main, comme s'ils eussent aussi voulu la reconnaître. Ces attouchements la rappelèrent à elle-même. Elle tira Jean en arrière, et dit avec effroi :

– Mon Dieu ! cher Jean, qu'est-ce que cela veut dire ! Dis-leur donc de me laisser tranquille, ou je n'oserai pas demeurer ici davantage.

– N'aie pas peur, Trine, répondit Jean, ce n'est rien. Les aveugles voient avec les doigts. Ils tâtent tes habits pour savoir de quel pays tu es. C'est sans mauvaise intention.

– Ah ! les pauvres garçons ! dit Trine avec un soupir ; si c'est ainsi, je leur pardonne de tout mon cœur ; mais je n'aime tout de même pas cela. Allons plutôt nous asseoir sur le banc dans ce petit coin obscur, Jean ; J'ai tant de choses à te dire.

En disant ces mots, elle conduisit son amant vers le banc et s'y assit à côté de lui en gardant ses mains dans les siennes.

L'entretien qui s'engagea devait être souverainement touchant, bien qu'on ne pût entendre les paroles échangées ; sur les traits de Trine se peignaient tour à tour la joie et la tristesse ; tous deux essuyaient fréquemment leurs larmes, et de temps en temps la jeune fille serrait les mains de Jean avec une profonde effusion. Sans doute elle versait le baume des consolations dans le cœur de l'infortuné ; car les rares paroles qu'on pouvait saisir avaient la douceur pénétrante des plus doux accents d'un chant d'amour. Sur le visage de Jean, qui avait un peu relevé la visière verte, se peignait une expression étrange d'attention rêveuse et en même temps de souffrance désespérée, semblable à celui qui du fond de l'abîme de douleur entend des paroles qui ne lui font pas oublier sa peine, mais qui le livrent pour un instant à la fascination d'un bonheur imaginaire.

Groupés en demi-cercle, les aveugles se tenaient silencieux autour du couple ému. Eux aussi tendaient l'oreille pour entendre ce qui se disait et saisir quelques-unes des paroles consolatrices.

Le caporal était resté devant la porte et se promenait de haut en bas, en passant de temps en temps la tête dans la chambre des aveugles pour voir si Trine n'était pas encore prête au départ. Tout à coup il pâlit, et une profonde terreur se peignit dans ses yeux.

Il voyait le sergent monter l'escalier ! Sans oser faire une observation, il le laissa entrer dans la chambre des aveugles, et le suivit la tête basse comme un criminel qui attend sa sentence.

À peine le sergent eut-il aperçu la jeune fille qu'il éclata en imprécations ; puis, se tournant vers le caporal :

– Ah ! lui dit-il, vous avez laissé entrer une étrangère ! et une femme encore ! Vite en bas ! Je vais vous relever à l'instant et demander pour vous quinze jours d'arrêts forcés. Si vos galons de caporal n'y restent pas, ce ne sera pas ma faute.

Trine se leva, et s'adressa d'une voix suppliante au sergent irrité :

– Oh ! monsieur l'officier, ayez compassion de lui. C'est moi qui suis seule cause de tout ; ce sont mes larmes mes qui l'ont poussé à me laisser entrer. Ne lui faites pas de mal parce qu'il a montré un bon cœur…

Le sergent secoua impatiemment la tête, et interrompit Trine avec un air ironique :

– Allons, que signifie tout cela ? Je connais mon service et sais ce que j'ai à faire… Et vous, Mieken, filez dehors ! et un peu vite !

La jeune fille fut involontairement surprise à cet ordre inattendu ; elle vit cependant que c'était sérieux, et, s'approchant toute tremblante du sergent, elle lui dit d'un ton de supplication :

– Ah ! je vous en prie ; encore une petite demi-heure ! Je dirai pour vous sept Notre père, et baiserai ma main de joie.

– Allons, allons, finissons ces enfantillages ! dit le sergent d'une voix rude. Pas une minute de plus !

– Mais, mon Dieu, mon cher monsieur, s'écria Trine désolée, je viens à pied de l'autre côté du pays pour consoler un peu notre malheureux Jean, et vous iriez me chasser maintenant ? Je ne lui ai presque rien dit encore !

– Sortez-vous, oui ou non ? s'écria le sergent, qui appuya son injonction d'invectives menaçantes et grossières qui firent trembler la jeune fille.

Les larmes jaillirent de ses yeux, et levant vers le sergent ses mains jointes, elle reprit en sanglotant :

– Pour l'amour de Dieu, mon ami, donnez-moi encore un petit quart d'heure ! Ne me faites pas mourir ; ayez pitié d'un pauvre aveugle : cela peut vous arriver aussi, monsieur ! Votre cœur ne se briserait-il pas si vous voyiez votre mère ou votre sœur chassée comme un chien ! Ah ! monsieur l'officier, ayez pitié de nous : je vous aimerai pendant ma vie entière !

La cruauté du sergent arrachait à Jean et aux autres aveugles des murmures irrités, et ils appuyèrent la prière de la jeune fille. Toute la salle fut en émoi ; c'était comme une rébellion des aveugles contre l'inexorable supérieur. Celui-ci, plus irrité encore par ces démonstrations, les menaça de les faire mettre tous à la diète du pain et de l'eau, et saisit brusquement Trine par le bras pour la mettre de vive force à la porte ; mais Trine, prévoyant son irrévocable dessein, s'arracha à son étreinte, courut, en poussant un cri de désespoir, vers Jean, et l'enlaça dans ses bras en se répandant en plaintes déchirantes. Le jeune soldat, toujours triste, mais convaincu que rien ne pouvait empêcher la séparation, essaya de la consoler, et lui dit à la hâte bien des choses oubliées dans l'entretien.

Mais déjà le sergent avait rejoint et ressaisi la jeune fille. Il la prit par les épaules et voulut la séparer de Jean ; mais les bras de Trine éplorée se tinrent attachés au corps de l'aveugle comme un lien de fer, et elle résista aux efforts du sergent furieux. Celui-ci cria à Kobe, qui se tenait tout consterné près de la porte :

– Caporal, pourquoi restez-vous là ? Ici ! Je vous ordonne de jeter vous-même cette paysanne à la porte : obéissez, sinon vous le paierez cher… Faisons vite !

Kobe s'approcha de la jeune fille, et, la prenant par le bras, lui dit :

– Chère Trine, cela me fait peine ; mais rien n'y peut aider. Allez-vous-en tout doucement, autrement on vous jettera en bas des escaliers. C'est la consigne, et il faut bien que le sergent fasse son devoir.

Trine lâcha son ami, et, levant la tête avec une calme dignité, elle alla au sergent, et pleurant toujours amèrement :

– Monsieur l'officier, dit-elle, je m'en irai ; mais pardonnez-moi, mon ami, et pardonnez aussi à Kobe. Dieu vous en récompensera, bien sûr ; car c'est une bonne action... Vous avez tout de même un cœur aussi, et tous les hommes sont frères dans le monde. N'est-ce pas, monsieur le sergent, que vous serez assez bon pour tout oublier ? Je me souviendrai de vous dans toutes mes prières.

Du moment qu'on céda si humblement à son ordre, le sergent sentit s'évanouir toute sa colère ; la douce voix et les beaux yeux si éloquents de la jeune fille avaient attendri son âme, et ce fut avec une véritable bonté qu'il répondit :

– Eh bien, partez bien vite, et si l'infraction demeure ainsi cachée, par pitié pour vous je me tairai et j'oublierai...

– Excellent homme que vous êtes ! s'écria Trine, je le savais bien : ne parler-vous pas flamand comme nous ! Je m'en vais à l'instant ; encore un seul bonjour !

Elle embrassa encore une fois le malheureux aveugle, qui reçut silencieusement le baiser d'adieu ; elle murmura quelques paroles enchanteresses à son oreille, et se dirigea ensuite, en pleurant et en sanglotant, vers la porte de la chambre. Là elle retourna la tête et poussa un cri déchirant tandis qu'elle cherchait à rentrer dans la salle, et luttait contre le sergent, qui, cette fois, lui opposa une résistance invincible. La jeune fille vit dans un coin son amant agenouillé sur le sol, la tête affaissée sur le banc comme si la vie l'eût abandonné. Cette vue la saisit tellement que, toute frémissante d'angoisse et de douleur, elle se tordit avec une sorte de rage pour échapper aux mains du sergent ; mais celui-ci la poussa en avant et ferma la porte de la salle.

Lasse, exténuée, mourante de désespoir, docile comme une martyre et presque insensible, Trine, placée entre le sergent et le caporal, descendit l'escalier jusqu'à la cour. Là, elle se laissa entraîner sans conscience, car ses jambes se refusaient machinalement aux mouvements qui devaient l'éloigner de Jean. Elle ne disait néanmoins pas un mot ; les larmes silencieuses qui ruisselaient sur ses joues étaient le seul indice de sa douleur.

Sur le seuil d'une des portes qui s'ouvraient dans la cour se tenait une dame richement vêtue et d'une physionomie noble et douce. Elle vit de loin la jeune fille en pleurs et parut curieuse de savoir ce qui se passait. À mesure qu'on se rapprochait de la porte, son regard prenait l'expression d'une pitié profondément sentie.

Trine s'en aperçut ; un rayon d'espoir pénétra dans son âme. Cette émotion n'échappa pas non plus à Kobe ; il souffla à l'oreille de la jeune fille :

– C'est la femme du directeur de l'infirmerie : oh ! une excellente personne ! Elle est d'Anvers.

La jeune fille pressa le pas, et parut elle-même avoir hâte de franchir la porte ; mais arrivée près de la dame, elle courut soudain à elle en gémissant, et tomba à genoux à ses pieds en lui tendant des mains suppliantes et en s'écriant :

– Ah ! madame ! secours, pitié pour un pauvre aveugle !

La dame parut surprise et embarrassée de cette génuflexion inattendue ; elle contempla un instant avec étonnement la jeune paysanne, qui fixait sur elle ses beaux yeux bleus comme une prière de l'âme, et qui, au milieu de ses larmes d'espoir, souriait comme si elle eût déjà remercié pour le bienfait reçu. Elle prit Trine par les deux mains, la releva et lui dit d'une voix douce :

– Pauvre fille ! Entrez, ma chère enfant. Qu'est-ce qui vous attriste ainsi ?

En disant ces mots, et sans faire attention au sergent qui portait respectueusement la main à la visière, elle introduisit la jeune fille chez elle et la fit asseoir sur une chaise.

Dans la chambre se trouvait un officier de chasseurs occupé à écrire sur un pupitre ; il leva la tête avec un intérêt curieux et considéra la jeune fille en larmes ; mais il demeura immobile et attendit une explication.

La dame, – c'était sa femme, – prit la jeune fille par la main :

– Allons, allons, ma fille, lui dit-elle, consolez-vous ; il ne vous arrivera aucun mal. Dites-moi ce qui vous chagrine si fort ; je vous aiderai, si c'est possible.

– Ah ! madame ! s'écria Trine en baisant ardemment la main de sa protectrice. Dieu vous bénira pour votre bonté ! Je suis une pauvre paysanne d'entre Saint-Antoine et Magerhal, dans la Campine. Notre Jean est tombé au sort, et il est devenu soldat. Il y a quatre jours, il a écrit une lettre à sa mère pour lui dire qu'il avait mal aux yeux ; mais à moi seule il a écrit qu'il est aveugle pour la vie. J'en ai été comme morte pendant au moins deux heures, sous un petit bois de chênes ; mais je n'ai pas osé dire la chose à sa mère de peur qu'elle n'en meure de chagrin. Le lendemain matin, je suis partie pieds nus sans savoir par où je devais aller pour venir de notre village à Venloo ; j'ai couru demandant mon chemin, me trompant, me perdant ; j'ai enduré affronts et peines, allant nuit et jour, presque sans manger ni boire, si bien que le sang coulait de mes pieds. Après avoir langui trois jours comme un agneau perdu, j'arrive ici ; un garçon de notre village, qui est caporal, me laisse entrer par pitié. Je vois notre Jean les yeux morts ; je veux le consoler, – et voilà que le sergent vient et me chasse ! Et maintenant je ne puis plus voir Jean ; je dois le quitter, pauvre garçon, et l'abandonner sans consolation. Oh ! madame, cela ne peut pas être, bien sûr ! Songez, je vous en prie, à tout ce que j'ai supporté pour venir jusqu'ici, et ayez pitié de cet innocent agneau qui souffre et languit dans l'obscurité !

– Est-il votre frère ? demanda l'officier derrière son pupitre.

La jeune fille pencha la tête pour cacher la pudique rougeur qui, à cette question, vint colorer son visage.

Après un court silence, elle releva les yeux et répondit :

– Monsieur, je ne suis pas sa sœur ; mais depuis le temps où nous étions enfants nous demeurons sous le même toit ; ses parents sont les miens ; il aime ma mère ; son grand-père m'a porté dans ses bras quand je ne savais pas encore marcher ; travail et gain, joie et chagrin, tout est commun entre nous.

Après une pause, son regard se fixa sur le parquet, et elle murmura :

– Depuis qu'il est malheureux, je sens bien aussi que je ne suis pas sa sœur…

L'officier, ému par les paroles de la jeune fille, avait quitté son pupitre, et s'était lentement approché d'elle.

– Pauvre enfant ! dit la dame en soupirant, il faut chasser ces idées-là de votre esprit et vous consoler de son malheur. Vous ne pouvez certainement continuer d'aimer un homme aveugle !

Trine frémit douloureusement.

– L'abandonner ! s'écria-t-elle, l'oublier parce qu'il est aveugle et malheureux pour toute sa vie ! Oh ! madame, je vous en prie, ne dites plus cela ; ça me fait comme un coup de couteau dans le cœur !

En effets un torrent de larmes s'échappa de nouveau de ses yeux.

L'officier échangea quelques mots français avec sa femme. Il lui dit qu'il venait d'arriver un ordre ministériel conférant aux colonels le pouvoir de renvoyer dans leurs communes les soldats aveugles avec un congé illimité, jusqu'à ce qu'une libération définitive du service leur fût délivrée. Bien que cette mesure ne dût être mise à exécution que dans une couple de semaines, l'officier se montra disposé à tenter un effort auprès du colonel et de ceux que la chose concernait, afin d'obtenir le jour même, par exception, un permis de départ pour le malheureux ami de la paysanne. Sa femme l'engagea vivement à exécuter son projet. Bien que Trine ne comprît pas ce qui se disait, elle vit bien que sa protectrice excitait son mari à quelque chose de favorable pour elle ; la jeune fille, à demi consolée, fit un signe de tête suppliant, comme pour encourager la généreuse tentative.

L'officier se tourna vers elle :

– Seriez-vous contente, lui demanda-t-il, si votre ami pouvait retourner avec vous à la maison ?

La physionomie de trine s'illumina soudain d'une expression où se mêlaient la joie et l'anxiété, et qui échappe à toute description. Ses grands yeux bleus, tout fixes ouverts, semblaient attendre d'autres paroles de la bouche de l'officier. Enfin, sa voix éclata :

– Contente ? joyeuse ? s'écria-t-elle. Je suis toute hors de moi de vous entendre me demander cela. Oh ! monsieur, monsieur, ne me trompez pas en me donnant une telle espérance ! Je ramperai à vos pieds, et je les baiserai par reconnaissance !

L'officier se hâta de prendre son shako, ceignit son sabre, et sortît en disant :

– Ayez bon courage, ma fille : je réussirai peut-être. En tout cas, vous pourrez revoir Jean ; j'y veillerai.

D'inintelligibles accents de gratitude suivirent l'officier jusque dans la cour ; Trine commença alors à remercier avec feu sa bienfaitrice ; mais celle-ci ne lui donna pas le temps d'épancher les sentiments qui débordaient de son cœur. Elle courut à la cuisine, et revint bientôt après avec une servante qui plaça Une petite table devant Trine, et y servit de la viande, du pain et de la bière.

– Mangez et buvez tranquillement, ma fille, dit la dame ; cela vous est offert de tout cœur.

– Ah ! je le sais bien, madame, répondit Trine en soupirant ; mais, ai-je mérité ce que vous faites pour moi ? C'est comme si vous étiez ma mère. Dieu vous en récompensera !

– Il y a longtemps, sans doute, que vous n'avez mangé ?

– Depuis ce matin à trois heures, madame, dit Trine en mangeant avec une faim trop réelle. J'ai bien marché pendant sept heures depuis ; mais maintenant je remercie encore le bon Dieu dans mon chagrin de ce qu'il vous a faite si bonne, madame.

Trine exprima longuement sa reconnaissance, et longtemps encore la généreuse dame la consola par de douces et bienveillantes paroles, car l'officier demeura absent pendant deux heures au moins. Déjà Trine avait raconté toute son histoire, et parlé avec effusion de cette Campine si belle et si aimée, où l'esprit et le cœur sont purs comme l'air des landes sablonneuses, où chaque sentiment de l'âme s'embaume d'un parfum de simplicité et de droiture, comme la bruyère éternellement fleurie se baigne chaque jour dans les vapeurs balsamiques du matin…

La dame écoutait avec un vif intérêt cette jeune paysanne, dont le langage, tout naïf et sans art qu'il fût, trahissait une intelligence délicate et un cœur richement doué. Plus d'une fois Trine avait touché son âme et mouillé ses yeux de larmes d'attendrissement.

Pendant qu'elles attendaient en s'entretenant de la douce et pure vie des champs, l'officier s'était rendu avec le sergent à la salle des aveugles. Après être demeuré un instant parmi ces infortunés, il redescendît l'escalier et reparut dans la cour. Jean le suivait, le sac sur le dos et un bâton de voyage à la main ; le sergent le conduisit jusqu'à la porte de la maison de l'officier.

Là, ce dernier prit lui-même l'aveugle par la main et lui dit :

– Trine est ici ; elle vous attend.

En prononçant ces mots, il ouvrit la porte.

Jean tira un papier de son sein, et l'agitant en l'air triomphalement, s'écria avec un indicible élan de joie :

– Trine, chère Trine, je puis partir avec toi… Je ne suis plus soldat ; voici mon congé.

– C'est la vérité, dit l'officier voyant que la jeune fille n'osait croire à ce qu'elle entendait.

Cependant Jean avançait dans la chambre les mains en avant ; mais Trine ne courut pas à sa rencontre. Foudroyée par l'émotion, elle se laissa glisser de sa chaise, et rampa sur les genoux jusqu'à sa bienfaitrice, qui était assise un peu plus loin sur un canapé. Les mains jointes, les yeux humides, avec un regard plein d'une inexprimable reconnaissance, elle s'écria :

– Oh ! madame, si vous n'allez pas en paradis, qui donc sera bienheureux ? Je ne puis parler... Mon cœur se brise... Je meurs de joie. Merci ! merci !

Sa tête s'affaissa, en effet, sans force sur le giron de la dame, et, muette, Trine embrassa ses genoux. Elle échappa cependant sur-le-champ à cette profonde émotion ; elle se releva précipitamment, et courut les bras ouverts à l'aveugle, en poussant mille exclamations de joie, parmi lesquelles dominait seul distinctement le nom du jeune homme.

. . . .
. . . .

Après une complète effusion de bonheur et de reconnaissance, Trine et Jean franchirent la porte de l'infirmerie accompagnés des souhaits de leurs bienfaiteurs.

C'était un étrange spectacle que celui de cette fraîche paysanne guidant par la main le soldat aveugle dans les rues de Venloo. Aussi chaque passant s'arrêtait-il frappé non pas tant par la vue du malheureux qui, le sac sur le dos et la visière verte devant les yeux, marchait à côté de la jeune fille, que par l'indéfinissable expression d'orgueil et de joie qui donnait au visage de la paysanne une noblesse et une beauté singulières.

La bonne Trine était si heureuse, si fière du résultat de son dévouement et de sa hardiesse, qu'elle marchait la tête haute et la physionomie radieuse, sans songer à baisser les yeux sous le regard curieux des citadins.

Elle avait grande hâte de quitter la ville et excitait l'aveugle à marcher vite. Le triomphe inattendu qu'elle avait remporté l'avait surprise et étonnée. Même à cette heure elle pouvait à peine y croire, et, de temps en temps, un frisson passager lui serrait le cœur comme si elle eût craint qu'on pût encore lui ravir son amant infortuné.

Elle atteignit enfin la porte de la ville ; elle vit la campagne s'ouvrir devant elle, et le lointain horizon, et le chemin qui devait les ramener au village natal. Pour la première fois, un vrai cri de triomphe s'échappa de sa poitrine. Elle leva au ciel des yeux reconnaissants, fit le signe de la croix, et dit avec un doux ravissement :

– Allons, maintenant, Jean ! maintenant, nous sommes libres !

V

Il faisait encore une chaleur suffocante, bien que l'ombre des arbres s'allongeât déjà notablement sur le sol ; les vapeurs diaphanes de l'été ondoyaient sur la bruyère et sur les champs ; pas le moindre souffle ne murmurait dans le feuillage immobile sous lequel s'abritaient les oiseaux haletants et muets ; toutes les voix de la nature se taisaient ; aussi loin que portait la vue, on n'apercevait ni hommes ni animaux : la terre semblait assoupie de lassitude.

Au bord d'un chemin solitaire, ombragé par un bouquet de chênes, gisait, la tête appuyée sur son sac, un soldat endormi. Ses pieds étaient nus : les souliers se trouvaient à côté.

Une jeune paysanne, assise tout auprès, fixait sur lui son regard plein de tristesse, et, gardant le plus profond silence, écartait les mouches, avec une branche de bouleau, de son visage et de ses pieds.

Le soldat reposait sur un lit de thym sauvage dont le parfum l'enveloppait d'un nuage odorant. La campanule des champs courbait ses clochettes bleues sur son front ; plus bas, à ses pieds, la gentiane élevait vers lui son splendide calice d'azur.

Assurément, il avait déjà goûté un long repos, car sa compagne regardait souvent le soleil avec une certaine inquiétude, comme si elle eût voulu mesurer par la marche de l'astre combien le jour était avancé. Peut-être aussi son inquiétude venait-elle d'une autre cause. Et cependant elle remarquait avec tristesse que le soleil avait tourné les chênes, et que déjà quelques rayons dardaient sur le corps du dormeur. Sa perplexité était grande ; elle se leva et promena les yeux autour d'elle. Elle songea d'abord à courber les branches du taillis et à les entrelacer ensemble pour protéger le repos du soldat ; mais ce moyen fut infructueux parce que la lumière frappait directement et de côté le bord du chemin.

Avec le plus grand silence et à pas de loup, la jeune fille se glissa dans le bosquet et y coupa avec un couteau deux bâtons. Elle vint se placer devant le soldat, contempla le soleil comme pour calculer son dessein, et enfonça en terre les bâtons. Elle dénoua le cordon de sa ceinture, et suspendit au dessus son tablier, qui couvrit le visage du soldat d'une ombre suffisante ; elle revint ensuite avec une expression de satisfaction, s'asseoir auprès de lui.

Pendant quelque temps encore elle épia son repos et écouta sa respiration comme si elle s'efforçait de compter les battements de son cœur. Elle ne pouvait voir ses yeux, car ceux-ci étaient cachés sous une visière verte.

Enfin, le soldat fit un mouvement ; il tâtonna avec angoisse autour de lui, tendit les mains en avant, et s'écria d'une voix inquiète :

– Trine ! Trine, où es-tu ?

La jeune fille saisit sa main, et répondit :

– Me voici, Jean ! Calme-toi. Tu trembles ? Qu'as-tu ?

– Ah ! j'ai rêvé que tu m'avais abandonné ! dit le jeune homme en se levant. Dieu, quel rêve ! J'en ai encore une sueur froide…

– Quelles idées sont-ce là ! répliqua la jeune fille d'un ton de doux reproche. Tant mieux si tu as rêvé cela, Jean ; c'est un signe certain que je ne te quitterai jamais : les songes ne doivent-ils pas toujours, s'expliquer par le contraire ?

– C'est vrai, ma bonne amie, dit le soldat en étreignant ses deux mains. Dieu te récompensera dans le ciel !

Sur ces entrefaites, la jeune fille avait débouclé les courroies du sac et en avait tiré un pain et de la viande. Elle se mit à couper le pain en petits morceaux, rangea ceux-ci sur le thym, et plaça sur chacun un peu de viande.

Ce faisant, elle disait d'une voix douce :

– Comment vas-tu, maintenant, Jean ? Es-tu reposé ? Le sommeil t'a-t-il soulagé ?

– Je ne suis plus fatigué, Trine, répondit-il ; mais je ne sais pas… je suis si triste de ce vilain rêve…

– Cela se passera, Jean : ça vient de ce lourd sommeil par terre… Voilà la table mise ; veux-tu manger ?

– Oui, j'ai faim, Trine.

La jeune fille lui mit en main l'un après l'autre les morceaux de pain et de viande. Tandis qu'il prenait silencieusement la nourriture qu'elle lui présentait, elle considéra son visage avec plus d'attention, et y remarqua une singulière expression de découragement et d'affliction. Toujours dans la pensée que la pesanteur du sommeil était l'unique cause de cette visible tristesse, elle ne fit aucun nouvel effort pour rasséréner son âme. Dès qu'elle lui eut tendu les derniers morceaux de pain, elle lui remit ses bas et lia ses souliers. Le soldat prit le sac pour le charger sur son dos ; mais la jeune fille le lui enleva.

– Non, Trine ; laisse-moi le porter, maintenant, dit-il d'une voix suppliante ; tu te fatigueras beaucoup trop. Et puis ce n'est pas bien non plus qu'une fille aille le sac sur le dos par les chemins : ça doit déjà être assez singulier de voir une paysanne voyager dans la Bruyère avec un soldat aveugle. Qu'est-ce que les gens doivent penser ?

– Que nous font les gens ? Toi qui ne vois pas, tu te fatigues cent fois plus que moi ; tu trébuches presque à chaque pas ! Moi, le sac ne me gêne pas.

Elle replaça elle-même le sac sur son dos, et, prête à partir, ramena le soldat au milieu du chemin. Elle lui mit en main un bâton dont elle tint l'autre bout sur son dos, afin que le pauvre aveugle pût suivre exactement ses pas, et marchant en avant, elle lui dit :

– Maintenant, Jean, si je vais trop vite, il faut le dire, et causons un peu en route, ça rendra le chemin plus court.

Comme elle ne recevait pas de réponse, elle se retourna, tout en marchant, vers le jeune homme, et reprit :

– Jean, il ne faut pas laisser pendre ta tête comme ça ; cela fatiguera ta poitrine.

L'aveugle releva la tête sans mot dire ; mais au troisième pas, il la laissa de nouveau pencher peu à peu en avant. Il était visiblement absorbé par de sérieuses réflexions et peut-être par de tristes pensées ; cette dernière supposition dut être aussi celle de la jeune fille ; car bien que sa physionomie s'assombrit tout à coup, elle dit d'une voix enjouée comme pour arracher son compagnon au chagrin qui l'oppressait :

– Ô Jean, demain soir nous serons à la maison ! Ce sera une kermesse ! Ta pauvre mère, qui pense que tu es toujours à gémir dans ce noir hôpital, comme elle t'embrassera avec joie ! Et Paul, qui pleurait tant quand tu es parti pour les soldats, il va joliment danser, le brave enfant ! Et ma mère, et le grand-père ! Il me semble déjà que je les vois accourir les bras ouverts… Et le bœuf, quand il t'entendra, la pauvre bête ira au travail comme une personne ; car je voyais encore tous les jours dans ses yeux qu'il ne t'a pas oublié… Le grand-père tuera bien vite le lapin gras, et tous ensemble nous ferons bombance comme des rois. Ah ! je voudrais déjà y être !

Tout en parlant, la jeune fille se retournait souvent pour regarder l'aveugle qui la suivait en tenant le bâton protecteur, et pour épier sur sa physionomie l'effet de ses paroles. Un sourire incertain fut le seul changement qu'elle y aperçut. Cependant, cet indice, quelque minime qu'il fût, lui donna du courage, et bien que le jeune homme n'eût pas répondu, elle reprit :

– Et quand nous serons chez nous, Jean, je serai toujours auprès de toi et ne te quitterai jamais. J'achèterai des chansons et les apprendrai pour te les chanter le soir au coin du feu ; quand j'irai travailler aux champs, tu viendras toujours avec moi ; nous causerons ensemble pendant le travail, et ce que tu ne sauras pas voir, je te le ferai toucher avec les mains. Ainsi, tu sauras aussi bien que moi comment vont les moissons ; tu les verras pousser en esprit. Je te conduirai à l'église, et le dimanche soir j'irai boire avec toi une pinte de bierre à la Couronne pour que tu entendes causer les amis. Ce sera comme si tu n'étais pas aveugle ! Que dis-tu de cela ? Ce sera encore bien beau, n'est-ce pas ?

– Chère Trine, ta voix est si douce qu'elle fait battre mon cœur... Quand j'entends tes chères paroles, c'est comme si mon ange gardien marchait devant moi ; je te vois sous mes yeux ; tu as des ailes, ton corps brille comme le soleil. Je crois que le bon Dieu laisse voir à mes yeux aveugles comment tu seras un jour récompensée dans le ciel de ton incompréhensible bonté !

– Ah ! Jean, il ne faut pas parler ainsi ! répliqua la jeune fille. Je ne demande qu'une seule récompense pour ma peine, c'est que tu ne sois plus si triste. Hier, tu étais bien plus gai qu'aujourd'hui.

L'aveugle lâcha le bâton pour saisir la main de la jeune fille et marcher à côté d'elle.

– Trine, dit-il, hier j'étais si joyeux de retourner à la maison !... Mais depuis ce matin, et tandis que je dormais là-bas, la vérité s'est montrée à moi ; maintenant quelque chose tourmente mon cœur, je ne dois pas te le cacher. Dieu me punira si je songe encore à ton amour.

– Mais, Jean, qu'as-tu donc en tête ? Tu me rends si triste que je ne sais presque plus avancer. Dis-moi ce que tu as sur le cœur ; je gage que ce sont des idées !

– Parlons-en tranquillement, Trine, reprit le jeune homme d'une voix altérée ; tu es belle, forte, bonne de cœur, habile à tous les ouvrages... et tu sacrifierais ta jeunesse par amour et par pitié pour un malheureux aveugle ? Et quand nos parents seront au cimetière, tu seras vieille, seule au monde et délaissée à cause de moi ?

La jeune fille, émue par l'accent déchirant de la voix de Jean, se mit à pleurer amèrement ; l'aveugle ne s'en aperçut point et poursuivit :

– Trine, je me souviendrai jusque sur le lit de mort de l'instant où nous primes congé l'un de l'autre ; j'ai compris ce que disaient tes beaux yeux bleus, et cela m'a rendu heureux dans toutes mes douleurs. Même alors que le docteur brûlait mes yeux avec la pierre infernale, et que la souffrance m'arrachait des cris, tu étais devant moi, la même rougeur sur le front, et je sentais encore ta main trembler dans la mienne. Ah ! si le bon Dieu m'avait seulement laissé un œil pour que je pusse gagner notre pain de chaque jour, je serais tombé à genoux, Trine, pour te demander une chose qui nous aurait réunis pour toujours : je me serais épuisé jusqu'à la mort pour te récompenser dignement de ta bonté. Maintenant, cela ne peut plus être.

– Pour l'amour de Dieu, Jean, s'écria la jeune fille avec désespoir, que dis-tu là ? Est-ce pour me tourmenter ? Je ne te comprends pas. Que te resterait-il donc sur la terre ?

– Le chagrin… et la mort, dit le jeune homme en soupirant profondément.

– Mourir ? dit amèrement la jeune fille. Et tu penses sans doute que je vais te laisser mourir ? Que signifie cela ? parle plus clairement : je ne puis supporter tes paroles, que je ne comprends pas… et je ne veux pas continuer la route ainsi. Assieds-toi un instant au bord du chemin, jusqu'à ce que ces vilaines choses soient sorties de ta tête.

La jeune fille, guidant l'aveugle, alla s'asseoir avec lui sur le maigre gazon qui bordait le chemin, et jeta le sac à terre.

– Voyons, Jean, dit-elle, dis-moi une bonne fois ce que tu t'imagines.

– Ô ma chère Trine, tu me comprends bien, répondit le soldat. Tu veux renoncer à ta jeunesse pour moi. Puis-je demander que tu me sacrifies ta vie entière par pure bonté ? La seule pensée que tu veuilles le faire déchire mon cœur. Tu veux me voir consolé et joyeux ; eh bien, promets-moi que tu ne seras jamais pour moi rien de plus qu'une sœur, que tu iras aux kermesses comme autrefois, et que tu seras aimable pour les autres jeunes gens, autant que l'honnêteté le permet…

La jeune fille éclata en sanglots et répondit en versant un torrent de larmes :

– Jean, Jean, comment se peut-il que tu sois si cruel ? tu tortures mon cœur comme un bourreau. Voilà ce que me vaut ma bonté : Va chercher d'autres jeunes gens ! En quoi ai-je mérité cela, et quel mal t'ai-je fait ?

Jean chercha la main de la jeune fille, et la saisissant, il dit d'une voix douce et triste :

– Ah, Trine, tu ne veux pas me comprendre. Eussé-je dix yeux, je me les laisserais brûler tous pour pouvoir t'aimer sans te faire souffrir ! Et pourtant être aveugle, c'est là un martyre que personne ne peut comprendre tant qu'il voit le jour… Mais Dieu me punirait, bien sûr, si je consentais à ce que tu me donnes ta vie…

– Et si je suivais ton méchant conseil, tu m'oublierais aussi, n'est-ce pas ?

– T'oublier ? dit l'aveugle en soupirant, il fait toujours nuit pour moi. Je dois toute ma vie penser et rêver. À qui et de quoi serait-ce, sinon de ta bonté pour moi et de ce que tes yeux me disaient lors de la séparation ?

– Et tu aimerais toujours Trine, quand même elle ferait selon ton désir ?

– Toujours, jusqu'à la mort !

La jeune fille essuya ses yeux. Une tout autre expression se peignit sur son visage ; avec un mouvement d'orgueil et de joyeux courage elle s'écria :

– Et je t'abandonnerais, moi ? j'irais avec d'autres jeunes gens à la kermesse, à la danse, tandis que toi, seul des semaines entières dans le coin du foyer, tu gémirais et tu penserais à moi ! Jean, je ne sais comment tu oses songer à de pareilles choses ! Sois sûr que si ce n'était toi, j'en serais toute en colère. Crois-tu donc que je n'ai pas de cœur et que j'irais te laisser languir ainsi ? Non, non, tu m'as aimée quand tu avais encore tes deux yeux noirs, et moi je continuerai à t'aimer, pauvre Jean, bien que tu aies perdu la vue ! Et ne me parle plus des autres jeunes gens : cela me fait une grande peine ; car c'est comme si tu ne te souciais plus de moi… Quand j'y pense, les larmes coulent sur mes joues…

Jean, muet d'admiration, serra les mains de la jeune fille d'une étreinte reconnaissante. Après un instant de silence, il murmura :

– Trine, tu es un ange sur la terre ; je le sens bien, toi seule peux me faire oublier ce que Dieu m'a enlevé ; mais cela ne peut pas être.

– Oui, répliqua la jeune fille, je te comprends ; tu veux dire que j'entrerai dans la confrérie de sainte Anne : ce n'est pas vrai ; je ferai un heureux mariage, et je me marierai avant les semailles d'hiver, voilà !

– Te marier ? soupira le soldat avec une tristesse comprimée : Ô Trine, je vois clair maintenant… Fasse Dieu que ton mari t'aime comme tu le mérites ! Ah tu vas te marier ! Avec qui ? Est-ce un camarade du village ?

– Jean, tu perds l'esprit ! s'écria la jeune fille d'une voix si éclatante, que le bois de sapins qu'ils traversaient eu renvoya l'écho. Je vais me marier. Tu demandes avec qui ? – Avec toi !

– Dieu ! avec moi ? avec un aveugle !

– Avec toi, avec celui qui donnerait dix yeux pour pouvoir m'aimer !

– Oh, merci, merci pour ta bonté sans pareille... Sois bénie pour tant d'amour, mais...

Trine lui mit la main sur la bouche, et étouffa le mais en disant d'un ton de triomphe :

– Tais-toi ! tu as parlé bien sérieusement tout à l'heure, et en t'écoutant je sentais mon cœur se briser dans ma poitrine... À mon tour de parler maintenant ! Si par malheur Trine était devenue aveugle, aurais-tu repoussé la pauvre fille ? Et si elle avait continué de t'aimer dans son misérable état, lui aurais-tu donné le coup de mort en aimant les autres filles ? Eh bien, réponds-moi donc !

– Je n'ose pas.

– Il le faut ! et il faut parler franc, Jean !

– Ah, Trine ! j'aurais fait ce que tu fais maintenant ; et pourtant cela ne peut pas être, ma bonne amie. Qu'est-ce que les gens diraient de moi ?

– Cela sera ! dit la jeune fille avec résolution ; voici ma main. Que Dieu en soit témoin en attendant que le prêtre prie sur nous !

En entendant ces paroles, le soldat couvrit son visage des deux mains, et sa tête s'inclina lentement sur le sein de la jeune fille ; il faillit s'évanouir d'émotion et demeura sans parole, lorsque Trine s'écria avec enthousiasme :

– Les gens ! celui qui fait bien n'en doit pas avoir honte. Et quand j'irai avec toi à l'église pour dire le oui devant l'autel, je lèverai fièrement la tête et songerai que Dieu sait là-haut ce qui est bien et ce qui est mal... Et laisse-moi faire : je montrerai ce qu'on peut quand la force ne manque ni au cœur ni aux bras. Nous ne manquerons de rien, cher Jean ; Trine y veillera, et elle demeurera toujours près de toi, te consolant, t'aimant, te mettant en joie, jusqu'à ce que la mort nous sépare ; et nous continuerons de vivre avec nos parents, le grand-père et le petit Paul, paisiblement et heureusement, comme autrefois. N'est-ce pas bien ainsi ?

Le soldat aveugle baisait ses mains en pleurant et en sanglotant. Il murmura bien encore quelques paroles qui voulaient refuser l'offre séductrice, mais la jeune fille dit d'un ton impératif :

– Jean, nous ne pouvons rester assis ici ; il faut partir. Il fera déjà noir avant que nous arrivions à la ferme où j'ai dormi il y a quatre jours. Lève-toi, et allons joyeusement en avant. Je ne veux plus entendre un mot de cette affaire : ce qui est dit est dit. Parlons d'autre chose.

Elle chargea le sac sur son dos, tendit le bâton à Jean, et tous deux silencieux, mais l'âme joyeuse, poursuivirent leur route à travers la bruyère.

VI

Le lendemain, au point du jour, Trine se remettait en route, le sac sur le dos et le soldat aveugle derrière elle.

Le gazon qui bordait le chemin et les brins de bruyère étincelaient sous les premiers feux du soleil comme s'ils eussent été semés de diamants, et les aiguilles des sapins, humides de rosée, semblaient couvertes d'argent mat. À l'orient, l'horizon se teignait de pourpre et d'or ; dans le lointain, sur la lisière du bois, les vapeurs nocturnes s'élevaient, flottant entre la terre et le ciel. Le chœur des oiseaux était éveillé et remplissait l'air d'une pluie de notes joyeuses ; l'industrieuse abeille voltigeait en chantant sur le thym fleuri ; hannetons, papillons, cigales, voletaient et folâtraient à la ronde ; tout souriait au lever de ce beau jour, tout saluait le retour de la lumière renaissante !

L'excellente jeune fille se trouvait aussi, sans le savoir, à l'unisson des joies de la nature. De temps en temps, elle chantait d'une voix enthousiaste quelques mots d'une chanson quelconque, ou balbutiait des paroles sans suite pour donner issue à la joie qui gonflait son cœur. Depuis longtemps déjà, le soldat marchait gardant le silence, il le rompit enfin :

– Chère Trine, comme tu es gaie ! C'est sans doute parce qu'il va faire beau. Je ne puis rien y voir, mais j'entends les oiseaux dire bonjour au soleil et les abeilles bourdonner joyeusement à mes pieds.

– Non, Jean, ce n'est pas pour cela, répondit la jeune fille en lui prenant la main ; approche-toi un peu ; j'ai quelque chose à te raconter. Ce n'est qu'un rêve, et je l'avais pour ainsi dire tout à fait oublié ; mais depuis que je suis bien éveillée, il m'est revenu clairement en mémoire. C'est bien bon de rêver, n'est-ce pas, Jean ?

– Quelquefois !

– Oui, mais je veux parler des beaux rêves. Je n'ai jamais été plus heureuse que cette nuit en dormant ; je ne donnerais pas mon rêve pour vingt couronnes, et c'est pourtant terriblement d'argent. C'est bien dommage, Jean, que les songes ne soient pas des vérités !

– Qu'as-tu donc rêvé de si beau, Trine ?

– Tu y es pour quelque chose, Jean, comme tu le penses bien. Oh ! c'est si beau ! écoute plutôt. La fermière, – que Dieu l'en récompense, la brave femme, – m'avait menée coucher dans une toute petite chambre. Quand je fus seule, j'allai m'agenouiller et prier devant la sainte Vierge qui se trouvait sur la cheminée. Je ne sais combien de temps je suis restée, à genoux ; mais, quand je me levais, la tête me tournait et j'étais presque hors de moi : cela me semblait ainsi du moins. Cependant, la lune s'était levée et brillait si claire à travers la petite fenêtre que la chambre en était toute bleue et toute drôle. Je posai le front contre les carreaux pour me rafraîchir le cerveau, et je me jetai ensuite sur le lit à demi vêtue pour être prête, de bonne heure le lendemain. Mais je ne pus dormir ; car la lune donnait justement dans mes yeux, et j'étais comme forcée de regarder l'homme au fagot qu'on y voit. Me suis-je endormie enfin, je ne puis le dire ; mais cela doit être, car écoute ce qui m'est arrivé. Tout d'un coup, la lune eut une bouche et de magnifiques yeux bleus ; elle prit des couleurs comme une pomme d'api, et me sourit avec tant de bienveillance que je m'en sentis tout émue. De ma vie, je n'ai vu une femme aussi belle et aussi aimable ; s'il s'en trouvait une pareille au monde, les hommes se mettraient sûrement à genoux devant elle. Je le crois bien qu'ils le feraient ! mais écoute. Peu à peu, la lune eut des bras et une longue robe avec de grandes fleurs d'or ; sur sa tête se posa une couronne d'argent avec sept étoiles brillantes ; sur son bras, elle portait un enfant plus beau que les petits anges du paradis. Mon Dieu, Jean, c'était la sainte Vierge de la cheminée, devenue vivante, et qui, Notre-Seigneur, dans les bras, me souriait du haut du ciel et me faisait signe… Et puis, ce fut plus beau encore ! Comment étais-tu venu dans ma chambre, je n'en sais rien ; mais tu étais assis sur une chaise auprès de la fenêtre, et, avec tes yeux aveugles, tu regardais aussi la sainte Vierge ; tous deux nous tombâmes à genoux et tendîmes les bras vers la fenêtre, comme si nous eussions appelé la Mère de Dieu. Tout d'un coup, elle descendit doucement, s'approcha de plus en plus, et, passant à travers les carreaux, arriva jusque dans la chambre. Elle dit quelque chose au petit Jésus, l'enfant posa le doigt sur tes yeux, et toi, Jean, tu poussas un cri de joie en disant : Je vois ! je vois ! Hélas ! j'en fus tellement frappée que je m'éveillai en sursaut et tombai à bas du lit... et ce n'était pas vrai ! Ce n'était qu'un rêve ; car la lune brillait encore au ciel avec l'homme dedans, et la sainte Vierge était tranquille et immobile sur la cheminée... N'est-ce pas un beau rêve, pourtant ?

La jeune fille se tut et attendit une réponse. Jean dit au bout d'un instant :

– Trine, comme tu sais bien raconter ! Mon cœur palpitait de joie pendant que tu parlais ; je croyais tout voir ; et quand tu as dit que Notre Seigneur me touchait les yeux, j'ai senti quelque chose que je ne puis dire ; et puis j'ai vu la sainte Vierge, mais si bien vu que je pourrais dessiner sur le sable les fleurs d'or qui brillaient sur sa robe !

– Quelles fleurs y as-tu vues, Jean ?

– De grandes roses...

– Moi aussi ; c'est surprenant !

– Et des lis comme il y en avait tant, l'année dernière, dans le jardin du brasseur.

– Moi aussi j'y ai vu des roses et des lis ! Comment cela se peut-il ? J'en perds la tête.

– Ah ! ma bonne amie, dit Jean avec un soupir, ne te laisse pas tromper par une fausse espérance. Songe est mensonge, dit le proverbe ; ce n'est qu'une consolation que Dieu nous a envoyée pendant le voyage.

– C'est égal ! s'écria la jeune fille avec joie, il me semble que, depuis cette nuit, j'aime encore mieux la Mère de Dieu qu'auparavant... Quand nous serons à la maison, j'irai demander au sacristain du papier d'argent pour faire à la Vierge du tilleul une couronne de sept étoiles... et si jamais en notre vie nous pouvons le faire, elle aura aussi une robe avec des fleurs d'or. Mais avançons un peu plus vite avant que le soleil soit plus haut, et prends le bâton, car le sentier devient étroit et raboteux. Je crois que nous nous sommes perdus avec toutes ces causeries.

— Chère Trine, il faut faire attention au chemin, car mes jambes commencent à se fatiguer ; je sens que je ne pourrai marcher pendant dix heures aujourd'hui.

— Ne t'inquiète pas, Jean, répondit la jeune fille en ralentissant le pas ; sur une bruyère unie comme celle-ci, on arrive toujours... et je vois là-bas deux tours, Moll et Baelen, comme on nous l'a dit ce matin.

— À quelle distance sont-elles, Trine ?

— Une lieue et demie environ. Pourras-tu ce matin aller jusque-là ?

— Oui, en nous reposant de temps en temps en chemin.

— Tu n'as qu'à dire quand tu seras las. Maintenant, taisons-nous ; autrement tu te fatiguerais plus tôt...

Cependant le soleil s'élevait au-dessus de l'horizon et commençait à verser sa lumière comme un torrent de feu sur la bruyère. La chaleur devint si ardente, que la sueur coulait à grosses gouttes sur le visage des deux voyageurs haletants. Toutefois le soldat ne se plaignait plus de la fatigue et marchait courageusement derrière sa conductrice. Il n'avait rompu le silence que pour dire que ses yeux le faisaient souffrir, comme si le brûlant éclat du soleil en eût accru l'inflammation.

Après une grande heure de marche, la jeune fille s'arrêta brusquement sans dire un mot à l'aveugle. Celui-ci fut surpris de l'incident :

– Trine, dit-il, que vois-tu donc que tu t'arrêtes ainsi tout d'un coup ?

– Jean, répondit Trine avec une certaine tristesse, j'ai fait du beau ! Dieu sait combien nous sommes loin de notre chemin ; nous voici devant un large ruisseau qui coupe toute la bruyère, et je ne vois nulle part de pont pour passer outre…

– C'est fâcheux, dit Jean avec un soupir, je suis si las. L'eau est-elle profonde ?

– Oh ! non, je te l'ai dit, c'est un large ruisseau ; je vois très-bien le fond : on en aurait jusqu'aux genoux.

– Eh bien, Trine, essayons de passer ; cela nous épargnera la peine de retourner sur nos pas.

– C'est impossible, Jean, les bords sont trop hauts ; tu ne saurais ni descendre, ni remonter… Allons, pourtant, faisons de nécessité vertu !

Elle amena l'aveugle au bord du ruisseau, jeta le sac sur l'autre rive et se laissa glisser dans l'eau ; le jeune homme l'entendit :

– Que vas-tu faire, Trine ? demanda-t-il.

– Jette tes bras à mon cou et tiens-toi bien, répondit la jeune fille, qui prit le soldat par la main, l'attira vers elle et le contraignit doucement à obéir à son ordre, malgré ses observations.

Chargée de son lourd fardeau, elle gagna d'un pas chancelant l'autre bord et dit :

– Jean, voici des saules ; tiens-toi ferme aux branches : je t'aiderai.

Le soldat fit ce que lui recommandait Trine et atteignit la rive sans trop de peine. La jeune fille le rejoignit et secoua l'eau qui avait éclaboussé ses vêtements.

– Oh ! dit l'aveugle, tu es la bonté et le dévouement même, Trine... Je suis bien triste de ne pouvoir te récompenser de l'affection et de la pitié que tu as pour moi.

– Allons donc, Jean, dit-elle en l'interrompant, cela vaut bien la peine d'en parler ! Je t'ai porté de l'autre côté de l'eau, voyez la belle affaire ! Le soleil aura bientôt séché mes habits. Remettons-nous en route tout doucement. Dans une demi-heure, nous arriverons au premier clocher ; ce doit être Moll : nous nous y reposerons longtemps.

– L'eau du ruisseau est-elle claire ? demanda le jeune homme.

– Comme du verre ! As-tu soif ? Attends ; je puis bien me mouiller encore un peu : je vais te donner Un bon coup à boire.

Elle détachait déjà du sac la gamelle de fer-blanc ; mais le soldat reprit :

– Non, Trine, ce n'est pas pour cela. Mes yeux me font bien mal : donne-moi un peu d'eau et un linge pour les laver ; cela me soulagera tant !

La jeune fille entra dans le ruisseau et remplit la gamelle de l'eau la plus limpide ; elle revint à l'aveugle, tira de son sein un linge blanc, et lui dit :

– Assieds-toi et laisse-moi laver tes yeux, autrement tu rempliras d'eau tes habits.

Le soldat obéit et s'assit sur le gazon en tournant le dos au soleil. Trine ôta de son front la visière verte et se mit à rafraîchir ses yeux avec le linge mouillé, et comme le soldat disait en ressentir un grand bien, elle ne s'en tint pas là et lava son front et son visage, lorsque Jean repoussa doucement sa main en disant :

– Assez, Trine, assez !

Et comme elle s'écartait de quelques pas pour reprendre la visière, l'aveugle bondit soudain, poussa un grand cri, et, les mains tendues vers son amie, resta debout, tremblant de tous ses membres, tandis que des sons inintelligibles s'échappaient de sa bouche.

– Mon Dieu, Jean, qu'as-tu ? s'écria la jeune fille en courant à lui avec une exclamation d'effroi.

Mais lui, comme égaré, la repoussait doucement et disait d'une voix suppliante :

– Trine, Trine, va-t'en !… plus loin ! à la même place ! Oh ! je t'en prie !

Surprise du ton de sa voix et de la joie incompréhensible qui illuminait ses traits, elle condescendit à la prière de l'aveugle et se plaça à quelques pas de lui. Jean ouvrit ses yeux éteints, et levant les bras au ciel :

– Trine !… mon Dieu !… je t'ai vue !… Mon œil gauche n'est pas tout à fait mort !

Comme si elle eût été frappée de la foudre, la jeune fille fut saisie d'un tremblement fébrile ; elle s'approcha du soldat d'un pas chancelant et s'écria :

– Non, non, Jean, ce n'est pas vrai ! Ne me fais pas mourir de joie ! La lumière du soleil t'a trompé, pauvre garçon !

– Je t'ai vue ! criait le soldat hors de lui de joie ; dans les ténèbres, comme une ombre ! Mon œil gauche n'est pas mort, te dis-je. Chère Trine, c'est ton rêve de cette nuit !

Un cri perçant s'échappa du sein de la jeune fille, qui s'affaissa toute frémissante sur ses genoux, et, les mains tendues vers le ciel, murmura une douce prière de remerciement. Le soldat la vit, bien qu'indistinctement et comme une forme indécise ; il se laissa tomber à genoux auprès d'elle.

Trine, absorbée par son extatique action de grâces, ne le remarqua pas, et demeura quelques instants dans une complète immobilité. Enfin, calmée par la prière même, elle tourna la tête et s'écria :

– Ciel ! tu as vu ce que je faisais ?

– Je l'ai vu ! dit Jean avec transport.

– Ah, bonne Vierge ! s'écria Trine en fondant en larmes, sainte Mère de Dieu, c'est vous qui l'avez fait !

Je ne l'oublierai jamais, jamais ! et tous les ans j'irai pieds nus en votre honneur à Montaigu.

Après cette fervente aspiration de gratitude, ses forces parurent l'abandonner. Elle appuya le bras sur l'épaule de Jean, cacha son visage sur le sein du soldat, et se mit à pleurer silencieusement. Le jeune homme n'était pas moins ému qu'elle ; à lui aussi les paroles manquaient pour exprimer tous les sentiments qui débordaient de son cœur. Tout un avenir de reconnaissance, d'amour et de félicité s'était ouvert devant lui et le ravissait dans la contemplation de la vie bienheureuse qui lui était promise.

Enfin Trine se leva et renoua, avec mille exclamations joyeuses, la visière verte devant les yeux de son ami, elle mit le sac sur son dos, prit le jeune homme par la main, et tous deux se remirent en route d'un pas léger, tandis que la jeune fille exprimait son bonheur par ces paroles :

– Ô cher Jean, je ne sais ce que j'ai, mais je voudrais danser et sauter de joie : maintenant je marcherais vingt heures encore sans ressentir de fatigue.

– Moi aussi, Trine, répondit le soldat ; il me semble que je pourrais voler ! Ô mon amie, si mon œil gauche pouvait être guéri ! quel bonheur, quel bonheur ! Mon cœur bat quand j'y pense.

– Guérir ? tu guériras ! la sainte Vierge y veillera dans le ciel… Ne vois-tu pas que la main de Dieu s'en mêle ? et mon rêve de cette nuit !

– Chère Trine, chère Trine ! s'écria le jeune homme en pressant sa main d'une frémissante étreinte, si c'était vrai, vois un peu quelle heureuse vie nous aurions sur la terre ! Nous ferions ce que tu m'as si généreusement promis ; nous nous marierions. Je travaillerais comme un esclave, mais avec courage, avec bonheur ; toi, ma femme bien-aimée, tu n'aurais plus rien à faire que te reposer…

– Non pas, Jean, dit Trine en souriant ; tu penses sans doute que mes bras pourraient s'habituer à la paresse ; c'est ce que tu verras !

– C'est égal, reprit le jeune homme, tu ne ferais que ce que tu voudrais, et rien de plus. Et nos parents, Trine, comme ils seraient heureux jusqu'au dernier jour de leur vieillesse, au milieu de notre amour et de nos soins ! J'abattrais le mur qui sépare nos deux chaumières et n'en ferais qu'une seule maison, pour que nous pussions demeurer tous ensemble. Ce serait un paradis de joie et de bonheur !

– Oh ce que tu dis est beau, dit la jeune fille d'une voix émue... Le mur tombera dès notre arrivée, et alors le grand-père, nos deux mères, Paul, toi et moi, et jusqu'à nos bêtes, nous pourrons, toujours nous voir, toujours être ensemble. Quelle vie ! quelle vie !

Trine battit des mains de joie comme un enfant.

– Et puis, poursuivit Jean, nous avons trop peu de terres pour y pouvoir toujours travailler et pour mettre de côté. Je serai marchand de déchets de sapins, et peu à peu de bois et de fagots. Alors il faudra songer à avoir quelque chose sous la main pour le temps à venir ; car...

La voix du jeune homme s'affaiblit, et il dit presque inintelligiblement :

– Car, s'il plaît à Dieu, notre ménage s'agrandira peu à peu...

Il s'arrêta, car au même instant la jeune fille porta les mains à ses yeux, et Jean l'entendit pleurer et sangloter :

– Pourquoi mes paroles t'attristent-elles ? demanda-t-il.

La jeune fille reprit sa main, la pressa doucement, et répondit en soupirant :

– Pour l'amour de Dieu, tais-toi ! ne parle plus de ces belles choses. Mon cœur se brise à t'entendre... mais c'est de joie seulement... Jean, je suis si heureuse que j'en perdrai la tête si tu continues à parler du paradis qui nous attend...

– Et moi donc, Trine ! je ne puis me taire : mon cœur déborde. Laisse-moi continuer et dis aussi quelque chose. Ainsi nous arriverons pleins de joie, et sans le savoir, à Moll pour nous reposer.

Le soldat se reprit à dérouler de nouveau les heureuses perspectives entrevues, et fit apparaître aux yeux de la jeune fille vivement touchée le magique avenir d'une existence passée à deux tout entière, et dont ils savouraient par avance les ineffables félicités.

Enfin ils approchèrent d'une grande commune. Trine donna le sac à Jean, et la main dans la main ils entrèrent dans le village.

VII

Vers la fin de l'après-dîner, Trine et son ami cheminaient dans la bruyère au delà de Casterlee, où ils avaient franchi la Nèthe. Tous deux étaient silencieux et tristes ; mais aucun n'avait révélé à l'autre les pénibles dispositions de son âme : au contraire, dans les rares paroles qu'ils échangeaient, ils s'efforçaient de paraître gais l'un à l'autre.

Et cependant un amer et cruel désenchantement avait peu à peu envahi leur cœur.

Depuis qu'ils s'étaient remis en voyage, Trine avait lavé cinq ou six fois déjà les yeux du soldat ; elle ne passait auprès d'aucune source sans essayer si elle ne possédait pas la merveilleuse vertu du premier ruisseau. Hélas ! ses soins dévoués étaient pour elle-même et pour le malheureux jeune homme une source de désespoir et de douleur.

Soit que le soldat se fût trompé en effet lorsqu'il avait cru voir sa compagne, soit que la fraîcheur de l'eau et le frottement du linge sur les yeux eussent augmenté l'inflammation, toujours est-il qu'il ne voyait plus rien, si souvent qu'il s'efforçât d'apercevoir la silhouette de son amie. Il finit même par ne plus pouvoir supporter la lumière, et il fermait les yeux avec de vives souffrances chaque fois que Trine détachait la visière de son front.

Ainsi se forma irrésistiblement dans l'âme de tous deux la terrible conviction qu'une illusion cruelle les avait égarés, et que la cécité était complète et incurable. L'espoir, heureuse incertitude, demeurait bien au fond de leur cœur, mais il ne pouvait qu'illuminer de temps en temps d'un rayon fugitif leur morne découragement, et leur douleur n'en était que plus cuisante et plus profonde.

Une autre cause portait aussi leur âme au chagrin et à la tristesse. Depuis le matin ils avaient déjà fait huit lieues, et étaient extrêmement las. L'aveugle, surtout, qui trébuchait souvent dans }e chemin était harassé et épuisé. Sans sentiment, plongé dans un mortel anéantissement, se retenant machinalement au bâton, il se traînait derrière son amie, le corps penché en avant, allant comme une machine inanimée. Ses pieds étaient blessés, et s'il n'eût pas perdu toute conscience de son état, il aurait senti le sang qui coulait brûlant de son talon droit dans le soulier.

Trine n'était pas moins fatiguée ; cependant elle continuait à marcher sans dire un mot, et même sans regarder le soldat. La pauvre fille n'osait parler. Son cœur n'avait plus de consolation à donner : la séduisante vision s'était évanouie, l'espoir du bonheur avait disparu. Une joie indicible l'avait pour ainsi dire mise hors d'elle, lorsque le riant avenir s'était montré à ses yeux ; mais précisément à cause de cela, la déception était mille fois plus pénible et la courbait maintenant comme un esclave, quelque courageuse qu'elle fût, sous le poids d'un immense découragement. Et puis qu'eût-elle pu dire à son ami pour l'arracher à son désespoir ? Lui parler de ses yeux et mentir à ses propres convictions ? elle ne le pouvait pas ; c'eût été briser à la fois le cœur de Jean et le sien par une amère ironie !

Voilà pourquoi elle marchait muette et à pas pesants, abîmée dans ses réflexions désespérées, et sachant à peine où elle en était.

Après une grande demi-heure du plus profond silence, le soldat dit tout à coup en respirant péniblement :

– Trine, arrête ! Je n'en puis plus !

– Je suis à bout aussi, répondit Trine sans se retourner ; nous allons nous reposer un peu, et nous passerons la nuit dans ce village là-bas.

– Ah ! n'allons pas plus loin ! dit l'aveugle d'une voix suppliante.

– Nous sommes près d'un jardin ; encore vingt pas, Jean ; il y a une belle haie de hêtre. Nous serons assis à l'ombre.

– Pour l'amour de Dieu, va donc vite !

Elle le prit par la main, le conduisit jusqu'à la haie, à laquelle elle lui fit tourner le dos, et l'aida à s'asseoir.

Le jeune homme s'affaissa lourdement sur le gazon et pencha la tête sur la poitrine…

Derrière l'endroit où s'étaient arrêtés le soldat et sa compagne, la haie était arrondie en berceau et recourbée vers l'intérieur du jardin. Dans ce berceau était assis un monsieur tenant un livre à la main. Il devait être très-âgé, car son visage était creusé de rides profondes, et les rares cheveux qui ceignaient encore son crâne comme une couronne étaient aussi blancs que la neige. Une redingote boutonnée jusqu'au menton et le ruban rouge d'un ordre sur la poitrine lui donnaient l'air d'un officier en retraite.

Lorsqu'il entendit derrière lui le bruit des deux voyageurs, il se retourna et reconnut à travers le feuillage un soldat et une jeune paysanne avec un sac sur le dos. Cette vue le surprit d'abord ; mais il s'en rendit compte en pensant que c'était une sœur qui reconduisait son frère à la maison paternelle et qui, par amitié, avait débarrassé ses épaules de leur fardeau. Néanmoins il admira cette simple et naïve preuve d'affection, et un sourire de sympathie éclaira sa physionomie, tandis que son regard demeurait fixé sur les voyageurs au repos.

Sur ces entrefaites, Trine s'était assise auprès de l'aveugle et lui disait :

– Jean, comme tu es muet et triste ! Qu'est-ce qui te tourmente ? La fatigue, n'est-ce pas ? Cela se passera.

Ne recevant pas de réponse, elle reprit d'une voix plus douce :

– Ah ! mon ami, console-toi et songe que demain nous serons à la maison. De Venloo ici, il y a vingt lieues au moins... Trois petites lieues encore, et nous verrons notre village. Si nous pouvons partir demain matin, nous ferons ce court chemin tout en nous promenant. Nous avons pourtant bien des raisons encore d'être contents ; car c'est toujours un grand bonheur que j'aie pu te ramener de l'hôpital chez nous. Et pour le reste, je ferai en sorte que tu n'aies pas grand chagrin en ta vie... Pourquoi ne dis-tu pas un seul mot ?

Le jeune homme respira avec effort et répondit en soupirant :

– Mon cœur bat si singulièrement ! mes yeux me font si mal... laisse-moi en repos !

Quelques moments s'écoulèrent sans que la jeune fille rompît encore le silence ; elle en vint peu à peu à penser que c'était plutôt la tristesse que la fatigue qui accablait son ami. Dans sa générosité, elle comprima sa propre douleur pour rendre au pauvre aveugle des émotions consolantes, et lui dit d'une voix enjouée :

– Jean, tu es bien sûr de m'avoir vue, n'est-ce pas ? Cela me fait penser qu'il doit encore y avoir de la vie dans ton œil gauche, quoique tu sois encore une fois tout à fait aveugle. Cela vient de la chaleur qui a enflammé tes yeux. Prends patience jusqu'à ce que nous soyons à la maison ; nous vendrons un peu de grain nouveau et nous ferons venir le docteur de Wyneghem. Celui-là te guérira bien ; il a fait tant d'autres miracles avec des gens qui étaient aussi bien que morts. Et pense un peu, Jean, demain nous serons près de ta mère, du grand-père, de Paul ; alors je te conduirai dire bonjour à tous les amis… Quand tu seras bien reposé, tes yeux ne te feront plus mal et tu verras encore un peu… Et puis, nous irons tous ensemble prier sous le tilleul et remercier la sainte Vierge de sa miséricorde ; car, n'en doute pas, Jean, elle m'a exaucée et elle te… Qu'est-ce que cela ? Je vois du sang sur ton bas ! Ah ! mon Dieu ! et tu n'en dis rien, pauvre agneau !

Elle s'empressa de lui ôter soulier et bas et se mit à étancher avec son fichu blanc le sang qui coulait du pied. Elle songeait à lui dire que ce n'était qu'une légère blessure ; mais à peine eut-elle levé les yeux, qu'elle se prit à trembler comme une feuille et demanda avec angoisse :

– Jean, mon ami, qu'as-tu ? tu deviens si pâle !

Le jeune homme murmura d'une voix éteinte :

– Ah ! je n'en sais rien… mon cœur s'en va… c'est comme si j'allais mourir…

Un frisson, lugubre avant-coureur, parcourut ses membres, sa tête tomba inanimée sur son épaule, ses bras s'affaissèrent le long de son corps sur le gazon.

Trine, poussant des gémissements inarticulés, prit dans ses mains les joues décolorées du soldat et voulut lui soulever sa tête en s'écriant avec un accent désespéré :

– Jean, Jean ! oh le pauvre garçon, est mort ! De l'eau, de l'eau ! Au secours, au secours !

Ce disant, elle se releva, regarda autour d'elle comme une insensée, et courut de çà, de là, pour découvrir de l'eau. Elle remarqua, au détour du coin de la haie, une barrière ouverte qui donnait accès dans le jardin, au bout duquel s'élevait une habitation. Cette vue lui arracha un cri de joie, et elle se mit à courir de toutes ses forces vers la maison pour y demander aide.

Perdue dans les capricieux sentiers du parterre, elle approchait du seuil lorsqu'elle vit deux personnes le franchir et s'acheminer vers elle. L'une était un vieux monsieur à la chevelure argentée et dont la physionomie vénérable inspirait le respect ; l'autre, âgé aussi, paraissait encore fort et robuste. Une large balafre, semblable à la cicatrice d'un coup de sabre, sanglait son visage du front jusqu'au menton et donnait à ses traits, une certaine expression de dureté. Il portait une cruche, deux bouteilles et un peu de linge. À coup sûr, ce devait être un domestique du vieux monsieur, car il suivait celui-ci en silence et à une certaine distance.

– Oh ! monsieur ! s'écria Trine avec désespoir, donnez-moi un peu d'eau et de vinaigre ! Il y a là, derrière la haie, un pauvre garçon aveugle ; il a perdu connaissance. Au nom de Dieu, monsieur soyez miséricordieux ; faites une bonne action et accompagnez-moi jusque-là. Oh ! je vous en supplie, venez !

Le vieillard sourît avec compassion, et, prenant la main de la jeune fille, lui répondit avec une parfaite tranquillité :

– Calmez-vous, ma fille, ce n'est rien. Nous étions en route pour le tirer d'affaire. N'ayez pas d'inquiétude, mon enfant, ce n'est qu'une simple faiblesse. Votre ami se sera trop fatigué... Venez et ne vous désolez pas.

Trine comprenait à peine ce qu'on lui disait ; Il lui semblait si miraculeux de rencontrer à point nommé des secours sans que personne eût pu annoncer l'accident, que, dans l'ingénuité de son âme, elle croyait retrouver ici la miséricordieuse intervention de la Mère de Dieu ; elle contemplait avec une joyeuse stupéfaction la douce et consolatrice physionomie du vieillard, qui lui souriait d'un air de protection, et qui, tout en pressant le pas, lui disait :

– Vous êtes une brave fille de montrer tant d'affection à ce pauvre soldat. D'où Venez-vous avec lui ? N'est-ce pas de Venloo ?

– Oui, de Venloo, monsieur ; c'est bien loin d'ici...

– Et avez-vous porté pendant tout le voyage le sac que vous avez sur le dos ?

– Oui, monsieur, dit la jeune fille en pleurant ; il est aveugle et ne peut pas bien marcher parce qu'il ne voit pas devant lui. Nous étions pressés ; je suis forte et bien portante... Dieu ! voyez, le voilà, ce pauvre ami ! aussi blanc qu'un mort !

Un torrent de larmes s'échappa de ses yeux ; elle joignit les mains et s'écria d'une voix navrante et pleine de supplication :

– Il n'en mourra pas pourtant, n'est-ce pas, monsieur ? Le vieillard secoua la tête en souriant, et s'approcha du malade. Le domestique posa les bouteilles à terre, et, sans attendre d'ordre, souleva d'une main la tête du soldat, tandis que de l'autre il dénouait sa cravate et ouvrait sa veste sur la poitrine. Entre temps, le vieillard était occupé à laver le visage et les tempes du jeune homme.

Trine, à genoux, contemplait d'un œil fixe et plein de larmes les soins que les deux inconnus prodiguaient à son malheureux ami.

Elle s'apercevait qu'ils devaient être accoutumés d'avoir affaire aux malades et ne doutait pas que le vieillard ne fût un médecin.

Cette pensée la consola et lui donna du courage ; un sourire étrange où se confondaient la reconnaissance et une attente pleine d'angoisse, anima son visage et brilla à travers ses pleurs. Sa surprise augmenta quand elle entendit ces paroles :

– Major, disait le domestique, c'est comme à Sabiana de Alba, en Espagne. Mon cœur bat encore quand j'y pense !

– Notre pauvre ami le capitaine Steens, n'est-ce pas ? répondit le vieillard avec un soupir... L'évanouissement est profond !... donne-moi la petite bouteille.

– Oui y il me semble le voir encore... Le capitaine était aussi comme ça, adossé à un citronnier ; il a laissé ses os à Vittoria, le brave homme ! C'était là une vie : on hachait, on taillait, on coupait, on tapait ! Nous en avons relevé et pansé quelques-uns ce jour-là ! J'avais du sang de la tête aux pieds, et vous aussi, major !

– Le cœur se ranime... il reviendra bientôt à lui.

Le domestique souleva avec le doigt les paupières du jeune homme et dit :

– Il est aveugle ! C'est la vieille maladie des soldats. Nous connaissons cela. Mais voyez donc l'œil gauche, major ; il n'est pas encore tout à fait perdu, il me semble ?

La jeune fille jeta un cri de joie. Elle avait épié le retour de la vie sur le pâle visage de son ami et avait vu avec un battement de cœur une légère rougeur colorer ses joues... Il avait fait un mouvement !

Bientôt l'aveugle, ayant repris tout à fait connaissance, tâta les vêtements de ceux qui le soignaient et dit avec anxiété :

– Où suis-je ? que m'est-il arrivé ?

Et étendant la main autour de lui, il s'écria d'une voix plaintive :

– Trine, chère Trine, où es-tu ?

La jeune fille saisit ses mains en poussant une joyeuse exclamation :

– Oh ! Jean, remercie Dieu de ce que tu es tombé ici ! C'est un grand bonheur. De braves gens sont auprès de toi ; ils disent que ton œil gauche n'est pas encore mort.

– Qui que vous soyez, que Notre Seigneur vous bénisse pour votre compassion ! murmura le jeune homme.

– Camarade, dit le domestique en l'interrompant, essayons si nous pouvons nous tenir debout. Ayons bon courage, et ce sera bientôt fait.

Il prit le soldat sous le bras gauche, tandis que le vieux monsieur le soutenait de l'autre côté ; ils aidèrent ainsi à eux deux l'aveugle à se mettre sur pieds.

Trine, s'imaginant que la bienveillance des inconnus s'arrêterait là, sourit avec une angélique douceur et les yeux humides, les remercia en ces termes :

— Messieurs, je suis une pauvre paysanne, et Jean n'est pas riche non plus ; mais soyez sûrs que pendant notre vie entière nous nous souviendrons de vous dans nos prières et nous bénirons votre bonté. Ne vous donnez pas plus de peine ; laissez-le s'asseoir sur l'herbe, il se reposera un peu. Je lui mettrai moi-même du linge autour des pieds. Il nous faut aller jusqu'au village ; nous y passerons la nuit. Que Dieu vous donne santé et bonheur sur la terre, et plus tard les joies du paradis !

— Non pas ! non pas ! répondit le vieillard ; suivez-moi. Vous êtes de braves gens ; je ne veux pas que vous repreniez votre fatigant voyage. Le jeune camarade ne partira pas sans s'être réconforté. Nous verrons si je ne puis rien faire pour récompenser votre généreux dévouement, mon enfant,

— Nous avons encore quelques bouteilles de vieux vin d'Espagne qui ferait revenir un mort, ajouta le domestique. C'est la seule médecine dont il ait besoin. Attendez un peu, ma fille ; dans une heure, vous ne le reconnaîtrez plus.

— Oh ! messieurs, murmura la jeune fille, faites ce que votre âme chrétienne vous inspire ; quand je vois votre bonté, l'émotion me coupe la parole. Soyez mille fois bénis, mes chers bienfaiteurs !

Soutenu de chaque côté par le vieux monsieur et le domestique, Jean se mit à marcher d'un pas lourd. En arrivant dans le jardin, la jeune fille se rapprocha peu à peu du domestique et lui demanda à voix basse :

— Dites-moi, mon ami, votre maître est-il docteur ?

– Docteur ? répondit le domestique. Il a été chirurgien-major sous Napoléon ! Nous avons coupé plus de jambes et de bras que ce chemin n'en pourrait tenir, et ce n'est pas peu dire.

– Sait-il aussi guérir les yeux, mon ami ?

– Oui, oui, et un peu mieux, s'il vous plaît, que les chirurgiens d'à présent. Il reste diablement peu des braves camarades d'Espagne ; sans cela, il y en a joliment qui lui devraient la vue.

– Ah ! mon brave homme, vous devriez le prier bien humblement qu'il voie un peu les yeux de Jean. Dieu sait s'il ne saurait pas le guérir.

– Laissez faire, ma fille, il le fera bien de lui-même. Les soldats lui tiennent encore au cœur, Jean ne partira pas d'ici de sitôt.

– Si vous pouvez aider à la chose, mon ami, ou dire seulement une bonne parole, je vous serai bien reconnaissante.

– Il est inutile de me le demander ; cela ne dépendra pas de moi : qui dit soldat dit camarade, vous savez le proverbe. Voyez, cela va déjà beaucoup mieux ; je ne le soutiens presque plus.

Ils étaient sur le seuil de la maison ; bientôt ils entrèrent dans une chambre garnie de jolis meubles. Le vieillard conduisit l'aveugle vers un large fauteuil et l'y fit asseoir le dos au jour. Il tendit une clef au domestique, qui s'empressa de quitter la chambre tout content, et revint bientôt après avec une bouteille et deux verres. En passant il chuchota à l'oreille de la jeune fille :

– C'est de ce vin qui réveillerait les morts ; vous allez voir.

Trine ne comprit pas ce qu'il voulait dire : elle regarda avec une vive curiosité le vieux médecin, qui portait aux lèvres du jeune homme un verre rempli d'une liqueur rouge et transparente.

– Buvez cela à petits traits, mon ami, dit-il ; cela vous restaurera miraculeusement.

– Mon Dieu ! qu'est-ce que cela ? s'écria l'aveugle stupéfait, après avoir goûté quelques gorgées de la bienfaisante liqueur... Cela me réchauffe si bien en dedans ! Merci, merci... J'ai faim !

– Déjà, camarade ? N'allons pas si vite, répliqua le vieillard. Pansons votre pied d'abord, puis nous verrons les yeux. Venez donc, ma fille ; j'allais vous oublier, ma chère enfant. Asseyez-vous sur cette chaise ; et toi, Karel, donne-lui un verre de vin.

Tandis que le domestique était occupé à parler à Trine et à lui prôner la merveilleuse vertu du vin d'Espagne, le vieillard avait entouré d'une bande le pied du jeune homme. Il lava ensuite ses yeux avec une certaine liqueur, et les enduisit d'une pommade blanchâtre. Cela fait, il alla aux fenêtres, en ferma les rideaux pour adoucir la lumière dans la chambre, se rapprocha du soldat et lui dit :

– Ouvrez les yeux, mon ami, et essayez si vous ne pourrez rien distinguer...

Jean ouvrit les yeux et demeura quelque temps sans parler, bien que le vieillard lui demandât ce qu'il éprouvait. Ses yeux éteints semblaient chercher quelque chose.

Tout à coup un cri aigu s'échappa de sa poitrine ; il se leva et marcha, les mains étendues, vers la jeune fille, qui, debout et tremblant d'un fiévreux espoir, le voyait s'approcher. Elle voulut courir dans ses bras, mais le domestique la retint »

L'aveugle s'arrêta devant elle, lui tendit la main d'un mouvement incertain, et dit d'une voix frémissante :

– Trine, Trine, je ne suis pas aveugle ! C'est bien vrai cette fois-ci ! Je reverrai encore ma mère, le grand-père et Paul ! Ah ! je vois que tu as ton mouchoir rouge.

La jeune fille l'embrassa en balbutiant des paroles inintelligibles qui ressemblaient plutôt à des gémissements qu'à des cris de joie.

Mais le vieillard s'empara de nouveau du jeune homme et le fit rasseoir dans le fauteuil ; puis nouant aussitôt la visière verte devant les yeux du malade :

– Vous dites avoir vu que votre amie porte un mouchoir rouge. Cela me semble impossible. Ne vous trompez-vous pas ?

– Je ne vois encore rien qu'une ombre grise, répondit le soldat, mais quand je commençais à devenir aveugle, j'ai remarqué que le rouge, dans l'obscurité, paraît plus foncé que les autres couleurs. Voilà pourquoi je sais que le mouchoir est rouge.

– Je le pensais bien, dit le médecin ; maintenant nous allons procéder avec prudence.

Et se tournant vers le domestique, il lui dit :

– Karel, menez le camarade à la cuisine et faites-lui manger un peu de viande et de pain : demi-ration, pas davantage ! Après cela vous le conduirez dans le petit cabinet et le ferez coucher : il a besoin de repos. Dites aussi à la servante qu'elle apporte à manger à cette bonne fille.

Dès que le domestique et le soldat eurent passé la porte, Trine tomba aux pieds du vieillard en sanglotant tout haut ; elle embrassa ses genoux sans pouvoir proférer une parole et en pleurant abondamment. Il voulut la relever, mais elle lui résista ; et levant vers lui ses beaux yeux bleus tout humides, elle s'écria :

– Monsieur, monsieur ! Dieu vous bénira d'avoir eu tant de bonté pour de pauvres paysans comme nous. Je ne puis vous dire tout ce que je sens ; mais je mourrais volontiers dix ans plus tôt pour que vous viviez d'autant plus longtemps. Et si vous voulez bien guérir les yeux de Jean, comme un bon ange de Dieu que vous êtes, nous prierons tous pour vous tous les jours, et nous ferons des pèlerinages à votre intention, cher monsieur.

Le vieillard releva la jeune fille et la conduisit à la table en lui adressant des paroles de consolation et d'encouragement. Bientôt la servante parut, posa devant Trine quelques mets choisis, et quitta sur-le-champ l'appartement.

La jeune paysanne prit peu de nourriture. Soit fatigue, soit émotion, elle finit en peu d'instants son repas, et son regard se fixa avec une expression de muette reconnaissance sur son bienfaiteur, qui était venu s'asseoir à côté d'elle et l'encourageait à manger.

Le vieillard remarquant qu'elle ne touchait plus à rien, lui prit la main :

– Contez-moi maintenant, lui dit-il, d'où vous êtes, et comment il se fait que vous vous trouviez en route en compagnie de ce soldat aveugle. Dites-moi si vous avez encore des parents, et où ils demeurent.

La jeune fille se mit à parler, avec une naïve et simple éloquence, des maisonnettes d'argile, du tirage au sort, de la vieille mère, du grand-père, de Paul et du départ de Jean. Mais lorsqu'elle raconta combien elle avait eu de peine à rejoindre son ami aveugle à Venloo, comment elle avait failli s'évanouir de joie quand l'officier lui avait permis de ramener chez lui l'infortuné conscrit ; comment elle avait rêvé de la sainte Vierge, et ce qu'ils s'étaient dit, Jean et elle, pendant la route, une profonde émotion s'empara peu à peu du cœur du vieillard, et par intervalles il essuyait de ses yeux une larme de pitié. Il ne pouvait résister au doux accent de la voix de Trine, ni s'empêcher d'admirer ce dévouement inouï et cette affection sans bornes.

Elle n'avait rien dissimulé, et avait redit avec une entière franchise toutes les circonstances de son rêve, son mariage avec l'aveugle, tout ce qu'elle avait promis à celui-ci, tout ce qu'elle voulait faire pour adoucir sa triste existence ; elle avait répété aussi toutes les paroles de Jean et tout ce qu'il s'était promis de faire si, par la bonté de Dieu, il venait à recouvrer la vue.

L'émouvant récit avait duré longtemps, bien que le vieillard ne l'eût interrompu que par de simples questions.

Lorsque la jeune fille finit par de chaleureux remerciements, elle attendit en silence une réponse ; son auditeur, les yeux fixés sur le sol, était plongé dans une profonde préoccupation.

Au bout de quelques instants il leva la tête et lui dit :

– Ma fille, vous avez bien agi ; vous êtes une bonne et généreuse enfant. Ainsi votre rêve vous disait qu'en travaillant nuit et jour vous parviendriez, vous à détourner de votre ami les tristesses de la cécité, lui à vous récompenser de votre amour, et tous deux ensemble à assurer à vos parents une existence paisible ? c'est bien : Dieu a entendu votre prière. C'est lui qui vous a envoyés ici et me permet de faire une bonne action. Je mettrai en œuvre toute ma vieille expérience pour guérir l'œil gauche de votre ami, et j'ai lieu d'espérer que j'y réussirai.

Quant au reste, ne vous en inquiétez pas... votre généreux songe deviendra une vérité... Vous passerez la nuit ici ; demain nous aviserons à ce qui reste à faire. En attendant, reposez-vous ou promenez-vous dans le jardin ; et si vous désirez quelque chose, adressez-vous à la servante ou au domestique : ce sont de braves gens qui se mettront en quatre pour vous rendre service. Je vous quitte jusqu'à ce soir.

Trine vit, sans pouvoir proférer une parole, le vieillard franchir la porte... Un instant après elle quitta la chambre aussi, et, le cœur plein de joie, alla errer dans le jardin, en songeant à ce que lui avait dit le vieux monsieur.

Le lendemain matin une voiture dépassait la barrière de la maison de campagne. Sur le banc de devant était assis le domestique au front balafré, qui sifflait un air gai et stimulait du fouet le cheval au départ. Sur le second banc se trouvait le jeune homme, la visière verte devant les yeux, et auprès de lui Trine, la physionomie épanouie, pressant sa main d'une douce étreinte, et murmurant à son oreille d'une voix joyeuse :

– Jean, nous sommes bien heureux pourtant, n'est-ce pas ?... mon beau rêve a réussi... C'est maintenant que ta mère va être contente... et tu guériras, bien sûr, car le vieux monsieur l'a dit. Comme ils vont être étonnés tous en nous voyant arriver, comme des barons, dans une belle voiture !

– Nous allons traverser Gierle et Wechel, et aller jusqu'à Zoersel, dit le domestique : là il faudra me montrer le chemin. Et maintenant, en route !

Il lâcha la bride au vigoureux cheval, et cria d'une voix de stentor :

– Hop là, Marengo, en avant ! marche !

La poussière du chemin vola sous les roues comme un nuage, et la voiture disparut bientôt au milieu des premières maisons du village.

VIII

Un jour que j'errais en pleine solitude à travers la bruyère, recueillant dans mon âme les poétiques impressions de cette sauvage et calme nature, un orage se forma soudain à l'horizon.

C'est un spectacle merveilleux et souvent formidable, que celui qui s'offre au regard lorsqu'on se trouve dans une vaste plaine par un ardent jour d'été, et que les vapeurs chargées de la foudre montent vers l'immense coupole du ciel et s'y condensent lentement en sombres et orageuses nuées. On dirait qu'une mortelle angoisse s'empare subitement de la nature entière ; le soleil pâlit et ne jette plus qu'une faible lumière ; l'air devient lourd ; suffocant ; et comprime la poitrine ; les animaux fuient et cherchent avec inquiétude une retraite ; les abeilles fendent l'espace comme la flèche pour regagner leurs ruches ; le feuillage est immobile, le vent retient son haleine ; les plus humbles plantes ferment leurs calices et reploient leurs feuilles ; tout attend dans un silence effrayant et solennel… Un indéfinissable sentiment, où se confondent l'anxiété et le respect, serre le cœur du poëte ; au milieu de la terreur universelle il se réjouit dans son âme qu'il lui soit donné de contempler dans toute sa majesté ce terrible et magnifique spectacle de la nature !

Bientôt les nuages commencent à s'entre-choquer ; au calme sinistre qui a duré si longtemps succède une mêlée impétueuse et désordonnée ; l'ouragan gronde, rugît et s'élance comme fouetté par la main toute-puissante de Dieu ; il arrache du sein des forêts de profonds et mystérieux gémissements ; il emporte le sable et les feuilles, en immenses tourbillons, au haut des airs ; il brise et déracine les arbres solitaires… Puis la foudre vient de sa voix puissante dominer tous les bruits ; l'éclair lance ses flèches embrasées à travers l'espace ;

la Bruyère, sillonnée par des serpents de flamme, semble toute en feu : enfin, des torrents d'eau s'épanchent sur la terre, et au formidable rugissement de la tempête succède le triste et monotone clapotement de la pluie…

Ce jour-là mon âme était disposée aux impressions poétiques : j'avais contemplé avec une volupté toute particulière le majestueux spectacle du fiévreux labeur de la nature, jusqu'à ce que les premiers éclairs m'eussent fait comprendre que je devais faire ce que toutes les créatures vivantes avaient déjà fait, c'est-à-dire chercher un asile et me cacher humblement en présence des prodiges de Dieu.

Non loin du lieu où j'étais se trouvait une ferme tout à fait isolée dans la Bruyère, mais, comme l'oasis du désert, tout entourée de champs verdoyants et de frais massifs.

À peine la pluie commençait-elle à tomber du ciel comme un second déluge, que je franchissais le seuil de la ferme et demandais la permission de m'abriter sous son toit.

Je trouvai tous les habitants groupés en prière dans le plus profond silence autour d'un cierge bénit. Le fermier seul se dérangea à mon entrée, et me montra, avec un sourire affable, une chaise ; après quoi il inclina de nouveau le front et joignit les mains.

Je ne sais comment cela se fit, mais bien que l'orage, à titre de phénomène bienfaisant de la nature, ne m'inspirât pas le merveilleux effroi qui faisait trembler ces braves gens, le recueillement de cette famille en prière offrait un spectacle si beau, si touchant, si céleste, qu'un irrésistible sentiment me poussa à m'associer à la pieuse démonstration, et à me mettre en rapport avec le Dieu dont la voix formidable tonnait, au-dessus de nous, dans les profondeurs des cieux. La tête découverte et les mains jointes, je me mis aussi à prier. Oh ! cela fit tant de bien à mon âme de retrouver là les émotions de mon enfance aussi pures et aussi vives que si le souffle désenchanteur du monde ne m'eût jamais touché !

Cependant, après qu'une vingtaine d'éclairs eurent illuminé la chambre d'une ardente lueur, après que les gens de la ferme eurent fait autant de signes de croix, l'orage s'éloigna et s'affaiblit sensiblement. Mes hôtes n'interrompirent cependant pas leur oraison, et me donnèrent le temps de faire, sans être remarqué, une étude attentive de chacun d'eux, comme fait toujours en pareil cas un observateur, et surtout un écrivain.

Je vis d'abord un vieillard qui devait assurément avoir atteint la nonantaine et plus, car sa tête et ses mains étaient agitées par un mouvement perpétuel, comme s'il eût eu la fièvre. Auprès de lui se trouvaient deux femmes, âgées aussi, et plus loin un homme jeune et robuste dont un œil roulait, éteint et morne, sous de noirs sourcils, tandis que l'autre étincelait de vitalité et d'énergie. À côté de lui était assise une femme pleine de fraîcheur tenant un enfant sur les genoux et ayant de plus auprès d'elle un petit garçon tout rose et une petite fille de sept ou huit ans. Tout à l'extrémité de la table se tenait un beau jeune homme aux vives couleurs et au doux regard.

Sur le signal de l'homme qui n'avait qu'un œil, tous firent un dernier signe de croix et se levèrent. Le grand-père alla d'un pas chancelant s'asseoir dans le coin du foyer. Les autres m'adressèrent tous la parole pour m'engager à prendre leur demeure pour asile, car la pluie tombait toujours abondamment.

Peu de temps après j'étais déjà sur un pied de familiarité avec ces bonnes gens, et je causais avec eux comme un ami de longue date. Dans l'après-dînée je partageai leur pain de seigle, si nutritif, et bus avec eux le café de l'hospitalité. Et comme je n'avais, pour le moment, rien de mieux à faire que d'écouter les belles et touchantes histoires que me racontaient l'homme à un œil et sa femme, ce ne fut que le lendemain matin que je quittai la ferme.

Le récit que je viens de vous faire, cher lecteur, je l'ai appris ce soir-là dans la ferme isolée, qui jadis n'était formée que de deux huttes d'argile, mais qui maintenant est une belle métairie avec quatre vaches et deux chevaux.

Jean Braems et Trine, son excellente femme, travaillent ainsi qu'ils l'ont promis. Dieu a béni leur amour : trois enfants folâtrent autour d'eux et essuient tous les jours, sous de douces caresses, la sueur de leurs fronts.

Tout le monde est encore en vie ; le grand-père, bien qu'il ait déjà un pied dans la tombe, fume encore sa pipe auprès de la marmite aux vaches ; les deux mères, heureuses du bonheur de leurs enfants, travaillent encore, avec eux, à soigner le bétail et à diriger le ménage. Paul, le beau jeune homme, prend soin des chevaux, va à la charrue et moissonne pour son frère ; mais l'année prochaine, à Pâques, il va se marier avec la plus jeune des filles du sabotier.

Chaque soir toute la famille prie pour le vieux docteur, car c'est lui qui a rendu la vue à Jean ; c'est lui qui, par sa généreuse protection, a transformé les humbles chaumières en une métairie prospère.

Ainsi donne Dieu à ceux qui font le bien et à ceux qui s'en montrent reconnaissants, une longue et heureuse vie sur cette terre !